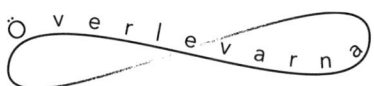

*Överlevarna*

# 脆弱的人

〔瑞典〕亚历克斯·舒尔曼 著　　徐昕 译

新经典文化股份有限公司
www.readinglife.com
出 品

目录 | Contents

## 第一部分　小屋

- 3　第一章　23:59
- 8　第二章　游泳比赛
- 19　第三章　22:00
- 24　第四章　烟柱
- 37　第五章　20:00
- 48　第六章　桦树之王
- 62　第七章　18:00
- 71　第八章　地窖
- 83　第九章　16:00
- 91　第十章　幽灵之手
- 109　第十一章　14:00
- 115　第十二章　光弧
- 130　第十三章　12:00

## 第二部分　碎石路的另一边

- *137*　第十四章　10:00
- *148*　第十五章　毕业派对
- *166*　第十六章　8:00
- *176*　第十七章　逃犯
- *188*　第十八章　6:00
- *199*　第十九章　生日礼物
- *214*　第二十章　4:00
- *223*　第二十一章　碎石路
- *232*　第二十二章　2:00
- *239*　第二十三章　电流
- *249*　第二十四章　0:00

# 第一部分
小屋

# 第一章
23∶59

一辆警车在一片被蓝光照亮的树林中缓缓向前穿行，沿着拖拉机犁出的小道朝花园驶去。那里有一栋小屋，在天色永远不会完全黑下来的六月的夜里，孤零零地坐落在岬角上。那是一栋简陋的木屋，有着奇怪的比例，比它应有的样子要略微高一点。白色的墙皮剥落了，南侧红色的木头被太阳晒坏了。屋顶的瓦片长到了一起，看起来就像是史前动物的皮。这会儿没有风，有一点冷，玻璃窗的底部起了薄雾。二楼的一扇窗户照出来一道亮黄色的光。

那下面是湖，空旷静谧，波光粼粼，四周被紧贴水边的桦树包围着。还有一间桑拿房，夏天的傍晚，男孩们和他们的父亲会在那里洗热水澡，然后他们踩在棱角分明的石头上，摇摇晃晃地走进水里。他们排成一列，张开双手保持平衡，就像被钉在十字架上一样。"好爽！"爸爸扎进水里，大喊道。他的叫声回荡在湖面上，接着出现了一阵寂静，一种只有在这个远离其他一切的地方才存在的寂静，一种有时候让本雅明感到恐惧，有时候又让他觉得万物都在倾听的寂静。

沿着水边较远的地方有一个船坞，木头腐烂了，建筑也开始向水面倾斜。船坞的上方是谷仓，梁上有几百万个白蚁洞，水泥地板上有七十年前动物粪便的痕迹。谷仓和船坞中间有一块男孩们踢足球的小小的草坪，球场是倾斜的，背朝着湖踢球的人都要面对一场艰难的搏斗。

这是事发地，看起来就是这样的——一块草地上有几栋小小的建筑，背靠森林面朝水。这是一个很难到达的地方，无论过去还是现在，终年寂静。如果你站在岬角远端往外看，任何地方都看不到人类的足迹。极少有的几次，他们能够听到有汽车开过湖对面的碎石路，远处传来汽车发动机低速运转的声音。在干燥的夏日，他们可以看到森林里扬起的尘土。可是他们却遇不到一个人，这个地方只有他们，他们不会离开这里，也没有人来这里。有一回男孩们见到了一个猎人，他们在森林里玩耍，突然就看到他出现在那里。一个满头白发、穿着绿衣服的男人，站在二十米远的地方，无声无息地穿行在杉树之间。他走过时，面无表情地看了看男孩们，把食指竖在嘴前，然后穿过树林，消失不见。他的出现让人无法解释，仿佛一颗神秘的陨石，朝他们飞来，却只是划过天空，没有坠落到地上。后来男孩们再没有谈起过这件事，有时候本雅明会想，它到底有没有真的发生过。

黄昏已经过去两个小时。那辆警车小心翼翼地沿着拖拉机道往下开。开车的男人不安地看着引擎盖的前面，试着看清一路上他都轧到了些什么东西。他伏在方向盘上抬头往上看，仍然看不到树梢。这些比房子还高的杉树真是不可思议。几个男孩还小的时候它们就已经非常巨大了，更何况现在。它们伸向天，耸立在三四十米的高空。孩子们的父亲总为这里的肥沃土地感到很自豪，好像那是他的功劳一样。六月初的时候他把萝卜苗种进土里，只过了几周时间他就拉着孩子们去院子的地里，给他们看那一排排红点如何破土而出。然而小屋周围土地的肥沃度不太靠得住，到处都有荒地。妈妈过生日时爸爸送给她的苹果树还在当初种植的地方，但不再长了，也不结苹果。有些地方的土里没有石头，又黑又厚；而有些地方的岩石很浅，就在草丛下面。有一回爸爸给鸡做篱笆，往土里插钎子。有时钎子会温柔又缓慢地穿过吸满雨水的草丛，有时则刚插进地面就发出哐的一声。爸爸喊叫起来，因为撞到岩石，双手被震了一下。

警察从车里下来。他习惯性地迅速调小了肩膀上那部设备发出的奇怪噪音。他很魁梧，那些挂在腰间的、边缘磨坏了的亚光黑色玩意儿令他从某种程度上看起来很有安全感，他的体重让他显得非常敦实。

蓝色的光照在高高的杉树上。

那些灯光、湖面上蔚蓝的群山和警车发出的蓝光，可以被画在一块画布上。

警察朝那栋房子走了几步，然后停了下来。他突然感到有点疑惑，看了看现场。那三个男人并肩坐在通往小屋前门的石阶上。他们互相搂着，在那里哭，穿着西服打着领带，身旁的草地上放着一个骨灰瓮。他跟其中一个站着的男人交换了眼神，其他两人仍然坐在那里，互相搂抱着。他们浑身湿漉漉的，伤得很重，他明白了为什么会派救护车来现场。

"我叫本雅明，是我报的警。"

警察在口袋里寻找笔记本。他不知道这个故事没法用一张纸记下，不知道自己此刻踏进了一个长达几十年的故事的结局部分。那是一个关于三兄弟的故事，他们很久以前离开了这里，如今又被迫回来，这里的一切都相互联系着，没有任何事情是孤立的、可以被单独解释的。此刻发生的一切有着巨大的分量，然而事情的大部分已经发生了。石阶上的这一幕、三兄弟的哭泣、那肿胀脸庞和所有的血迹都只是水面上最后的一道波纹，是离事发地点最远的、最外面的那一圈涟漪。

# 第二章
## 游泳比赛

每天傍晚本雅明都会带着他的网兜和水桶站在水边，就在爸爸妈妈所坐的小护堤边。他俩追随着夕阳，当桌椅落入阴影时，就往旁边搬动几米。就这样，他们在黄昏中缓缓地移动位置。桌下趴着莫莉，那是他们的狗，它惊讶地发现头上的顶棚不见了，然后也跟着桌子一起沿着岸边移动。此刻他的父母也移动到了终点站，看着太阳从湖对面的树梢上缓缓落下。他俩总是紧挨在一起，肩靠着肩，因为他俩都想看着水面。白色的塑料椅钻进了高高的草丛中，前面摆着一张倾斜的小木桌，摇摇欲坠的啤酒杯在夕阳中闪闪发亮。一块砧板上放着一小段萨拉米香肠[①]，还

---

[①] 一种腌制肉肠。——除特别说明外，本书脚注均为译者注

有意式肉肠和萝卜。他俩中间的草丛里放着一个冰袋，那是用来冰镇伏特加酒的。爸爸每喝一杯都会说一句"嘿"，将酒杯举向空无一物的前方，然后喝下。他切香肠的时候桌子在晃动，啤酒溅了出来，妈妈一下就被惹恼了，她做了个鬼脸，将酒杯举在空中，直到他切完。他的爸爸从没有注意到这些细节，但本雅明看到了。他留意着他们的每一点变化，始终站在离他们稍远的地方，可以不打扰他们，但又能够听见他们说话，观察他们的氛围和情绪。他听到他们之间友好的呢喃，听到刀叉与盘子碰撞的声音，听到有人点了一支烟，听到一连串表明他俩之间一切都好的声音。

本雅明拿着他的网兜沿着岸边走，凝视着深色的湖水。有几次他恰好被反射的阳光照到，眼球一阵刺痛，仿佛要爆开了一般。他摇摇晃晃地踩在大石头上，寻找湖底的蝌蚪——奇怪的动物，又黑又迟钝，如同一个个缓慢游走的小逗号。他用网兜捞起几条，马上把它们倒进红色的水桶里——这是一个传统。他在那里抓蝌蚪，身后坐着父母，太阳下山的时候，他的父母起身准备回到房子里去，他把蝌蚪倒回湖里，跟着父母往回走。第二天傍晚，这样的场景会再次上演。有一回他把蝌蚪忘在了桶里，第二天下午当他发现时，它们全都死了，被太阳晒死了。因为害怕被爸爸发现，他便跑到湖边去倒掉它们。虽然知道爸爸在屋里休息，但是他的目光就如火一般灼烧着他的后颈。

"妈妈！"

本雅明朝斜坡顶上的房子望去，看见弟弟正从坡上跑下来，远远地就能看出他的躁动。这个地方不适合那些没有耐心的人。尤其是这个夏天——一周前他们来到这栋小房子的时候，爸妈决定整个假期都不能看电视。他们很严肃地在孩子们面前宣布了这个决定。爸爸拔掉电视机插头的时候，皮埃尔尤其感到难以接受。爸爸做示范一般将插头放到电视机顶上，仿佛一场公开处决，把尸体吊在那里作为警示，好让家里所有人都记得，威胁到全家人在户外度过夏天的科技产品，会有什么样的下场。

皮埃尔有漫画书，傍晚的时候他会趴在草地上，自言自语地慢慢大声朗读。但最后他还是会没了兴趣，总会下来找爸爸妈妈。本雅明知道爸爸和妈妈的反应不一样，有时候他可以爬到妈妈怀里，她会轻轻地挠他的背。而另一些时候他们很生气，平和的氛围被破坏了。

"我没有事情可做。"皮埃尔说。

"你不想跟本雅明一起抓蝌蚪？"妈妈问。

"不。"他回答，站到妈妈的椅子后面，眯着眼睛看落日。

"那尼尔斯呢？你们也许可以想点什么事情来做。"妈妈说。

"比如呢？"皮埃尔问。

一阵沉默。爸爸和妈妈坐在那里，懒懒地瘫在塑料椅上，身子因为酒精沉沉的。他们看着湖面，似乎在思考该说些什么，在想活动的建议，但是一句话也没说出来。

"嘿。"爸爸嘀咕着，喝干了酒，然后笑了起来，重重地拍了三下手。"那这样吧，"他大声说，"两分钟后，我想看到男孩们全都穿好游泳裤站到这里！"

本雅明抬头看了一眼，从湖边往斜坡上走了几步，把网兜扔到了草丛里。

"男孩们！"爸爸喊道，"集合！"

斜坡上的房子旁，尼尔斯正躺在两棵桦树间的吊床上用随身听听音乐。本雅明仔细聆听家人们动静的时候，尼尔斯却屏蔽了那些声音。本雅明一直在靠近他的父母，而尼尔斯却想远离他们。他选择了另一个空间，没有加入他们。三兄弟晚上要睡觉的时候，偶尔会透过薄薄的胶合板墙听到父母吵架。本雅明会记下每一个词，评估这场对话造成的伤害。有时他们会朝对方大喊一些不可思议的恶毒话，把事情说得那么重，好像无法再弥补了一样。本雅明躺在那里，一连几个小时睡不着，在脑海里回放着那场争吵。尼尔斯却似乎完全无动于衷。"疯人院。"听到争吵加剧，他嘀咕了一句，然后转过身去睡着了。他才不在乎，白天自己做自己的事情，不制造任何动静，除非突然爆发出那种来得快也去得快的愤怒。"妈的！"吊床那边会传来这样的声音，只见尼尔斯歇斯底里地甩动双手，想要赶走一只飞近的黄蜂。"妈的，脑子有病，疯子！"他吼着，一次又一次地用手在空中挥来打去，然后又重新陷入平静。

"尼尔斯！"爸爸喊道，"到岸边来集合！"

"他听不见，"妈妈说，"他在听音乐。"

爸爸更大声地喊了一下，吊床那边没有任何反应。妈妈叹了口气，站起来快步走到尼尔斯那里，用胳膊在他眼前挥了挥。他摘掉了耳机。"爸爸要你过去。"她说。

大家在湖边集合。那是一段宝贵的时光，爸爸的目光中带着三兄弟喜欢的那种特殊的东西，一种许诺他们来一场有趣游戏的光芒。当他要介绍一场新的比赛时，声音里总是带着同样严肃的语气——一种嘴角藏着笑的肃穆，有些正式，更有些隆重，仿佛正处于成败的关键一刻。

"规则很简单，"他说着，在三兄弟面前挺了挺胸，他们穿着游泳裤，细瘦的腿露在外面，"男孩们，在听到我的指令后跳进水里，围着那边的浮标游一圈，然后回来上岸。最先回到这里的获胜。"

三个男孩各就各位。

"都听明白了吗？"他说，"现在让我们来看看，你们中谁是游得最快的！"

本雅明拍了拍自己瘦瘦的大腿，他在电视里见到运动员在重大比赛前是这样做的。

"等一下，"爸爸说，摘下自己的手表，"我来计时。"

爸爸用他那大大的拇指去按电子表上的小按钮，表没有反应，他便自言自语地嘀咕了一句："该死。"然后他抬起头来。

"各就各位。"

本雅明和皮埃尔为了抢到一个有利的出发点而发生了推搡。

"喂，不许打闹，"爸爸说，"你们不可以这样。"

"别闹了。"妈妈说。她仍然坐在桌子旁，往杯子里加酒。

三兄弟分别是七岁、九岁和十三岁，他们在一起踢足球或打牌时，都会以争吵为终。他们吵得非常凶，以至于让本雅明感到他们之间有什么东西碎了。当爸爸让三兄弟互相竞争的时候，当他明确表示他想看看三个儿子谁在某件事上最厉害的时候，他们的比拼就更激烈了。

"各就各位……预备……走！"

本雅明扎进水里,他的两个兄弟也紧随其后跳进水里。他听到岸边的爸爸妈妈在身后发出喊声。

"很棒!"

"加油!"

迅速游了几下后,湖底的锋利石头就在他身下消失了。六月的湖湾水很冷,再往远处游一点,水更冷了,奇怪的暗流来了又去,仿佛这湖是活的,想用各种各样的寒冷来考验他。他们面前白色的泡沫塑料浮标静静地躺在水平如镜的湖面上。三兄弟是几个小时前跟爸爸一起撒网的时候把浮标放进水里的,不过本雅明不记得他们把它放得这么远了。他们一声不响地游着,以保存体力。黑黢黢的水里露着三颗脑袋,来自岸上的喊叫声越来越远了。过了一会儿,阳光消失在了湖对岸的树后面。天暗了下来,他们突然是在另一片湖里游着泳。毫无征兆地,本雅明觉得水很陌生。突然,他意识到了在他身下发生的一切,意识到水下的动物也许不希望他们在那里。他想起每回爸爸把鱼从网里拿出来扔到地板上时,他和兄弟们坐在船上的情景。三兄弟往前探着身子,看狗鱼锥子般锋利的小尖牙,看河鲈带刺的鱼鳍。有一条鱼在那里扑腾,三兄弟吓得发出尖叫,被这突如其来的喊声吓了一跳的爸爸也生气地朝孩子们喊。然后他们恢复了平静,爸爸一边把网收起来，一边嘀咕："你们怎么能怕鱼。"本雅明心想，这些生物此刻就在他身边或身下，藏在这浑浊的水里。那白色的浮标——它在黄昏中突然变成了粉红色——依然在很远的地方。

游了几分钟后，他们逐渐拉开了距离——尼尔斯远远领先于本雅明，本雅明的后面跟着皮埃尔。但是夜色突然降临，寒冷开始钻进他们的大腿，让他们感到刺痛。这时，三兄弟又重新开始互相靠近。很快他们又游到了一起。也许他们都没有意识到，也许他们从来都不会承认，在水里他们不会抛下彼此。

三颗脑袋在水里下沉了一些，三兄弟手臂的动作变短了。起初水面还会因为他们游泳的动作发出咕隆咕隆的声音，可是现在湖面一片安静。他们游到浮标后，本雅明回过头朝小屋看去，那房子远看就像一块红色乐高积木。直到这时他才意识到回去的路有多远。

疲惫不知从何席卷而来。乳酸让他抬不起胳膊，他非常震惊，以至于忘记了腿上的动作，他不知道自己该怎么做了。后颈的一阵寒冷传到了后脑勺，他听见自己的呼吸声，听着它变得越来越急促用力，一个冰冷的念头充满了他的胸腔：他游不回岸边了。他看见尼尔斯仰着脖子，努力地不让水进到嘴里。

"尼尔斯。"本雅明说。尼尔斯没有反应,只是继续游着,目光看着天空。本雅明游到哥哥身边,他们大口大口地呼吸,气息吹到了彼此脸上。他们目光相对,本雅明发现了哥哥眼睛里那种陌生的恐惧。

"你怎么样?"本雅明问。

"我不知道……"他喘着气说,"我不知道我能不能行。"

尼尔斯伸手去够浮标,双手把它紧紧抓住,想靠它漂起来。可是浮标承受不了他的重量,沉到了他身下的黑暗之中。他朝陆地的方向看去。

"不行,"尼尔斯小声说,"太远了。"

本雅明回忆着他在游泳学校学到的东西,在老师漫长的讲课中学到的水上安全知识。

"我们必须冷静,"他对尼尔斯说,"划水的幅度大一些,呼吸长一些。"

他看了一眼皮埃尔。

"你怎么样?"他问。

"我害怕。"皮埃尔说。

"我也害怕。"本雅明回答。

"我不想死!"皮埃尔大喊,他湿润的眼睛刚刚能露出水面。

"来我这里,"本雅明说,"到我边上来。"

三兄弟在水中互相靠近了一些。

"我们互相帮助。"本雅明说。

他们肩并肩地朝房子的方向游去。

"划的幅度大一点，"本雅明说，"我们一起来划。"

皮埃尔不哭了，此刻他开始坚定地往前游。过了一会儿，他们找到了同样的节奏、同样的划水幅度，他们呼气、吸气，让呼吸变长。

本雅明看着皮埃尔，笑了起来。

"你的嘴唇紫了。"

"你的也是。"

他们快速朝对方咧嘴一笑，然后重新聚精会神地游起来，头露在水面上，划水幅度很长。

本雅明看见了远处的小屋，还有那块他每天跟皮埃尔踢球的不平整的草地，以及左边的地窖和浆果树丛，下午他们会去那里采覆盆子和黑醋栗，回来时晒黑的腿上带着一道道白色的划痕。这些东西的后面耸立着黄昏中变暗的杉树。

三兄弟游近岸边了。

离岸只剩下十五米的时候，尼尔斯加快了速度，疯狂地刨了起来。本雅明骂自己反应迟缓，然后才开始追赶哥哥。湖水突然间不再平静，三兄弟争先上岸的竞逐愈演愈烈，皮埃尔很快就无助地落在了后面。他们上岸的时候，尼尔斯比本雅明早了一臂。他俩并排跑上山坡。本雅明伸手抓住尼尔斯的胳膊想超过他，尼尔斯甩掉他的手，那种愤怒让本雅明很惊讶。他们到达露台，看了看四周。

本雅明朝房子跑了几步，往一扇窗户里面看。在那里，透过厨房的窗，他看到了爸爸的身影，看到了身板魁梧的他弯着腰站在水槽边。

"他们已经进屋了。"本雅明说。

尼尔斯双手撑在膝盖上，调整着呼吸。

皮埃尔气喘吁吁地跑上山坡。他用困惑的目光看着空空如也的餐桌。他们愣在那里，一脸困惑。寂静的空气里，三个人不安地喘着粗气。

## 第三章
**22:00**

尼尔斯猛地把骨灰瓮砸向弟弟。皮埃尔没有防备,它砸到了他的胸口。本雅明立刻听到皮埃尔身体里什么东西碎掉的声音——一根胸骨或肋骨断了。本雅明看事情总能比其他人早三步,他可以远在事情真的发生之前就预料到家庭成员之间的冲突。早在愤怒萌芽的时候——它非常不易察觉,几乎不存在一样——他就知道争吵会如何开始,又将怎样结束。可这次不一样。在这一刻——皮埃尔胸腔里什么东西碎了的这一刻——他什么都不知道。现在发生的一切都是未经探索的疆域。皮埃尔躺在水边,用手捂着胸口。尼尔斯急忙走到他跟前:"你怎么了?"

他弯下身子想扶弟弟站起来。他很害怕。

皮埃尔朝尼尔斯的小腿猛踢,使得他倒在了遍地石头的岸边。他扑到哥哥身上,他们扭成一团打了起来,用拳头砸对方的脸、胸口和肩膀,同时还接着对方的话茬儿。本雅明觉得这个场景很不真实,几乎像一种幻觉,他们一边聊天,一边试图将对方打死。

本雅明捡起倒在堤岸上的骨灰瓮。盖子掉了,一些骨灰倒在了沙子里。骨灰的颜色是灰的,偏蓝。他捡起骨灰瓮,把盖子盖好,整个反应的过程非常短;这不是他想象中的妈妈的骨灰。他双手抱着骨灰瓮,后退了几步,愣在那里看兄弟们的打斗。他置身事外,整个人僵住了,以前也经常这样。他看着他们笨拙的打斗,看着他们笨拙的样子。在任何其他情况下,皮埃尔都会把他哥哥揍得鼻青脸肿。他从十多岁就开始干架。那些记忆来自上学的时候,本雅明走过校园,看见小孩们聚在一起看一场斗殴,透过很多件羽绒服本雅明看到他弟弟正压在一个人身上,他赶紧走掉,不想看弟弟不停地挥拳,纵使对方不再动弹,好像已经没了气息。皮埃尔很能打架,可是在岸边两人分不出胜负,因为他断了一根肋骨,几乎没法站直。兄弟俩的拳头大多打空了、歪了,或是被手和胳膊挡住了,但有几下攻击是毁灭性的。皮埃尔打到了尼尔斯的眼睛上方,本雅明看见鲜血立刻从他的脸上流到了脖子上。尼尔斯用肘部去击打皮埃尔,听声音好像弄断了他的鼻子。尼尔斯撕扯皮埃尔的头发,当他终于松手的时候,皮埃尔的一缕头发挂在了他的手指上。过一会儿他们累了,有那么一瞬间,他俩看起来好像谁都没有力气继续打了。他俩坐在岸边,隔着几米远,互相看着对方,然后又打了起来。他们打得又慢又拖拉,想置对方于死地,但似乎又不太着急。

他俩一直你一言我一语。

尼尔斯朝他的弟弟踢了一脚,但是没有踢中,反而失去了平衡。皮埃尔后退了几米,从岸边抓起一块石头,用力砸向尼尔斯。石头嗖的一下飞偏了,皮埃尔又捡起一块来扔,这回砸中了尼尔斯的下巴,尼尔斯出了更多的血。本雅明小心翼翼地往堤岸上退,紧紧抱着骨灰瓮,手指都发白了。他转过身,缓缓地朝坡上的房子走去。他进了屋,走进厨房,找到自己的手机,拨打了紧急号码。

"我哥哥和弟弟打起来了,"他说,"我怕他们会把对方弄死。"

"你不能劝架吗?"电话里一个女人问。

"不能。"

"你为什么不能劝架?你自己受伤了吗?"

"没有,没有……"

"那你为什么不能劝架?"

本雅明把手机紧紧地贴着耳朵。他为什么不能劝架？他往窗户外面看去，到处都能看见他童年时代那些小小的玩耍场地。一切曾经就是在这片土地上开始的，也是在这里结束的。他无法劝架，因为他曾被困在这里，从那以后就无法挪动了。他仍然停在九岁，而山坡下那两个打架的男人已经成年，那是他继续长大的哥哥和弟弟。

他看见那两个试图置对方于死地的人的身影。这不是一个值得期待的结局，但也许是一个意料之中的结局。不然他们觉得应该怎样结束呢？当他们最终回到这个用尽一生逃离的地方，他们以为会发生什么呢？此刻两兄弟在齐膝深的水中打架，本雅明看见皮埃尔将尼尔斯摔进湖里，使他沉入水中。他躺在那里，没有站起来，皮埃尔也没有准备去救他。

一个念头从本雅明脑海闪过：他们会死在那儿的。

他放下电话，跑了出去，飞速冲下石阶。哪怕是在这么快的速度下，他仍然可以躲避所有障碍，通向湖边的小路留在肌肉的记忆中。他避开了每一个突出来的树根，跳过了每一块锋利的石头。他穿过自己的童年，跑过太阳落入湖面前父母享受最后一抹夕阳坐着的地方；他跑过森林筑成的墙，那片森林伸向东方；他还跑过了那个船坞。他奔跑着。他最后一次这样奔跑是在什么时候？他不记得了。他在持续的停滞中度过了自己的成年人生，仿佛被括号括了起来，而现在当他感觉到胸膛里的心跳时，他的心里充满了一种奇怪的愉悦感，为自己能跑起来，为自己有的力量，或者也许最重要的——为自己想这么做而感到欣喜。他从他终于行动起来这件事中获得了力量。他跳过孩提时代经常抓蝌蚪的那条小湖堤，跳进了水里。他抓到了他的兄弟，准备把他俩拉开，可是他立刻发现不需要了。他们已经停止了打斗。这会儿他们在离湖岸几米远的地方，在齐腰深的水里，站在彼此的身旁。他们看着对方。他们深色的头发非常相像，他们的眼睛是一样的，都是同样的栗棕色。他们什么都没有说。湖面变得很平静，只能听见三兄弟哭泣的声音。

他们坐在石阶上看彼此的伤口，没有说对不起，因为他们不知道该怎么做，因为没有人教过他们。他们小心翼翼地触摸彼此的身体，轻抚伤口，额头靠着额头。三兄弟搂在了一起。

透过夏天那沉闷潮湿的寂静，本雅明突然听到他们上方的森林里传来一阵汽车引擎声。他朝斜坡看去，一辆警车在一片被蓝光照亮的树林中缓缓向前穿行，沿着拖拉机犁出的小道往院子这边开下来。那里是木屋，在天色永远不会完全黑下来的六月的夜里，孤零零地坐落在岬角上。

# 第四章
## 烟柱

爸爸和妈妈在露台上吃完午饭,从餐桌旁起身。爸爸收拾好所有盘子,把杯子叠到一起。妈妈带上那瓶白葡萄酒进了厨房,把瓶子小心翼翼地放进冰箱,然后应该是上厕所了,因为水泵响了几次。爸爸往水池里重重地吐了口痰。然后他们迈着沉沉的步子,前脚后脚上了楼。本雅明听见卧室门关上的声音,接着一切安静下来。

他们把这叫作"午休"。这一点也不奇怪,他们跟孩子们解释过——在西班牙,人们总是会午休。午饭后小睡一小时,为了晚上能够精神饱满。对本雅明来说,这是漫长又无所事事的一小时,接下来是那奇怪的半小时,爸爸和妈妈摇摇晃晃地走到露台,安静地坐在塑料椅上,带着起床气。这时本雅明通常会躲开,让他们安安静静地清醒过来,不过很快他会走到父母那里,他的哥哥和弟弟也会从院子的各个地方走过来,因为午睡之后,妈妈偶尔会读书给孩子们听。如果天气好,他们会在花园里铺一条毯子,坐在上面;如果下雨,则坐在厨房壁炉前的沙发上。妈妈会朗读些以前的经典,那些书是妈妈认为孩子们应该知道的。孩子们坐在那里安安静静地听,只有妈妈的声音,没有别的声音。她用闲着的手去捋某个孩子的头发。时间过得越久,男孩们就跟妈妈靠得越近,到最后他们仿佛贴在了一起,难分彼此。当她读到一个章节的最后,她会在某个孩子面前砰的一下合上书,这时他们都会开心地尖叫起来。

本雅明坐到石阶上,他要面对的等待很漫长。他低头看自己伤痕累累的晒伤的腿,看小腿上的蚊子包,闻了闻自己晒红的皮肤和消毒水的气味——消毒水是爸爸涂在他脚上的,为了给荨麻划伤的伤口消毒。尽管他一动不动,心脏却越跳越快。他没有感到无聊,而是感到了别的什么,很难解释。他感到难过,但又不知道到底是因为什么。他沿着无风的斜坡朝湖边望去,那是一片被阳光炙烤的、发白的草场。他感到周围的一切都在抖动,就好像把奶酪杯放在岬角上一样。他的目光追随着一只黄蜂,它不安地盘旋在餐桌上的一碗奶油酱上。黄蜂飞得吃力且怪异,有点不对劲。它的翅膀好像动得越来越慢,越来越困难,然后它跟奶油酱靠得太近,粘在了上面。本雅明看着这只昆虫拼命想要挣脱,可是它动得越来越慢,最后停住了。他听着鸟儿歌唱,突然觉得很奇怪,它们的叫声好像慢了半拍,然后就安静了。本雅明感到一阵恐惧涌上心头。时间停止了吗?他拍了五下手,他经常这么做让自己回过神来。

"喂!"他对着空气喊了出来。他站起身,又拍了拍手,重重拍了五下,手掌都拍痛了。

"你在做什么?"

皮埃尔站在斜坡下面一点朝向湖边的位置,抬头看他。

"没什么。"本雅明回答。

"我们去钓鱼吧?"

"好的。"

本雅明站起来,去门厅取靴子,然后他绕过木屋的拐角,拿了靠在外墙上的钓鱼竿。

"我知道哪里有蚯蚓。"皮埃尔说。

他们来到谷仓后面,那里的土地很潮湿。他们用铁锹翻了两下,突然就看见了土里亮晶晶的蚯蚓。兄弟俩把它们从泥里捉出来,收集在一个罐子里,它们老实地待在里面,完全不担心自己被囚禁了。皮埃尔摇晃罐子,把它倒过来,想叫醒蚯蚓。可它们似乎无动于衷,跟死了一样。本雅明来到湖边把它们穿到钩子上时,它们毫不抗拒地任由钢针穿过它们的身体,没有挣扎。

兄弟俩轮流拿着鱼竿。浮子是红白相间的,在黑色的水里很显眼,除非它消失在湖面的阳光里。拉尔森三姐妹沿着湖岸走来了,它们是院子里的三只母鸡。它们成群结队,但又各忙各的,在地上随意地朝着各个方向啄来啄去,轻轻发出咯咯咯的叫声。它们靠近本雅明的时候,他总是感到不舒服,因为它们的行为没有逻辑可言。他感到很紧张,什么都有可能发生,就像广场上一个醉汉突然跟你说话一样。另外爸爸说过,它们中有一只的眼睛瞎了,因此当它感到威胁时,可能会发狂。本雅明经常盯着母鸡们空洞的眼神看,却找不出是哪只看不见东西。难道它们不都是瞎的吗?它们不安地跑过来时,看起来就是这样的。这些母鸡是爸爸在几个夏天前买来的,为了满足他毕生的梦想——早餐能吃到刚下的蛋。爸爸喂它们食物,每天下午一边喊"咯咯咯",一边把干饲料扔给它们,晚上则把它们赶进谷仓。他用一把长勺敲打平底锅锅底的声音回荡在整个院子里。每天早晨皮埃尔的任务是去拉尔森三姐妹的鸡舍取蛋。他手里拿着宝藏从草地上跑回来,爸爸冲进厨房，往壶里加上水，这成了皮埃尔和爸爸的传统。对本雅明来说，这也是一段美好的时光，因为他感到内心宁静。这段时光十分灿烂，他可以在其间放松地呼吸。

母鸡们停止了啄食，用无神的眼睛看着岸边的兄弟俩。本雅明朝它们扑了一下，拉尔森三姐妹立刻加快了速度，低头看着草地，大步往前走。它们从兄弟俩身边经过，走掉了。

浮子动了一下，这时拿着钓鱼竿的是皮埃尔。一开始浮子好像轻轻地抖了一下，随后完全消失在黑黢黢的水里。

"上钩了！"皮埃尔叫道，"拿住竿子！"他大喊着，把钓鱼竿递给本雅明。

本雅明按照爸爸教他的样子，没有立刻把鱼拎起来，而是小心翼翼地把它拉向岸边。本雅明往一个方向拉，鱼往另一个方向拽，它的力气让本雅明很是吃惊。当鱼的轮廓马上就要浮出水面的时候，他看见它在疯狂地挣扎想要逃走。他大喊："快！拿桶来！"

皮埃尔一脸困惑地看了看四周。

"桶？"他问。

"尼尔斯！"本雅明大喊，"我们钓到鱼了，拿一个桶过来！"

他看见吊床动了一下。尼尔斯飞奔去屋里,然后手里拿着一个红色的桶往湖边跑来。本雅明不想用力拉,害怕线会断掉,但是当那条鱼朝着湖心挣扎时,他又不得不拽紧钓鱼线。尼尔斯立刻踩进水里,把桶沉入湖中。

"把它拖进去!"他喊道。

那鱼拍打着水面,被拉回了岸边一点。尼尔斯往水里又走了一步,弄湿了短裤。他把鱼捞了上来。

"我抓住它了!"他大喊。

他们围拢到桶边,往桶里看。

"这是什么?"皮埃尔问。

"一条河鲈,"尼尔斯回答,"但你们必须把它丢回去。"

"为什么?"皮埃尔吃惊地问道。

"它太小了,"他回答,"不能吃它。"

本雅明低头往桶里看,鱼在拍打桶壁,比他们在水里较劲时他以为的要小。梳子状的鱼鳞闪闪发亮,背上锋利的鱼鳍竖了起来。

"你确定吗?"本雅明问。

尼尔斯大笑起来。

"如果你们给爸爸看这个,他会嘲笑你们的。"

皮埃尔拎起桶,脚步坚定地往家走。本雅明紧跟在他后面。

"你们要做什么？你们得把它放回水里。"尼尔斯大喊。见他们没有回答，他便跑去追他们。

到了厨房里，皮埃尔把桶放到餐桌上。他站在那里低头看鱼，塑料桶的红色映照在他的脸上，让他看起来好像脸红了一般。

"我们要活煎了它吗？"他柔声问。

尼尔斯吃惊地盯着他弟弟。

"你真是他妈的有病。"他说。

他转身走了出去，本雅明听见他路过窗口时嘴里嘟囔道："疯人院。"

本雅明目光追随着他，看见他躺上了吊床。

"我们把它活煎了。"皮埃尔又说了一遍。

"不行，"本雅明说，"我们不能这样。"皮埃尔站到椅子上，把挂在墙上的平底煎锅从水槽上方取下来，放到煤气炉上。他困惑地看着炉子的旋钮，拧动它，立刻听到煤气发出轻微的嗞嗞声。他向前探身，去看炉子上的灶火圈。

"怎样把火打开？"他问，把旋钮拧过来拧过去，只听到煤气开关的声音，然后转头看向本雅明。

"帮帮我！"

"得用火柴。"本雅明回答。

"你来帮我，行吗？"

"皮埃尔，"本雅明说，"我们不能煎活鱼。"

"别说了，"皮埃尔说，"帮我就行。"

煤气飘到了房间里，楼上有一扇窗户砰地关上了，屋顶上筑巢的燕子刮擦着木头，仿佛在给房子挠痒痒。午后的阳光照进来，洒在餐桌粗糙的木板上和发黄的纸牌上，那是前一天晚上父母打完牌后留在桌上的。阳光从侧面打到兄弟俩身上，照亮了窗台上堆成一小堆的死苍蝇。本雅明朝窗外望了望，又看了看皮埃尔。然后他从最上面的柜子里拿出火柴，朝出气口顶部点去，红色的火焰立刻燃了起来。

"必须用黄油吗？还是别的什么？"皮埃尔问着，看了看屋子四周。本雅明没有回答。皮埃尔走到冰箱那里，在里面翻找了一圈，没有找到他想找的东西。他回到炉子旁，火让平底锅变热后，锅里升起了一缕淡淡的烟。皮埃尔把红色的桶拎起来，把里面的东西往煎锅里倒。那条鱼滚了出来，一接触到铁面，立刻腾空而起。然后它就跳不动了。它粘在锅上，鱼鳃一张一合，尾部轻微摆动。它努力挣脱，但是鱼鳞却开始熔化，它被慢慢地粘牢在了锅面上。

平底锅开始冒烟。本雅明无声地旁观。皮埃尔试图把锅铲轻轻插到鱼的身下，好给它翻个面。他戳啊插啊，烟熏得他的眼睛眯成一条缝。终于他把鱼和锅面分开了，鱼鳞留在了上面。鱼一跃而起，在空中转了半圈，落在了同一个地方。兄弟俩飞快地退了一步，盯着平底锅看。

"它还活着！"本雅明说，"我们得把它弄死！"

"你来弄，我不敢。"皮埃尔回答。

"为什么要我来弄？"本雅明生气地问。

皮埃尔推了一下本雅明，试着把他推到锅前。

"住手！"

那条鱼又腾空而起翻了个身。

"是你搞成这样的！"本雅明说。

皮埃尔一动不动站在那里，张着嘴巴，盯着平底锅看。本雅明朝炉子走了几步，拧动旋钮，把煤气开到最大，再退回到弟弟身边。烟雾中可以听到微弱的声音，那条鱼在用尾部拍打平底锅，仿佛随着温度升高打着拍子。本雅明感觉腿站不住了，靠到了椅子的扶手上。突然一阵嗞嗞声，鱼的肚子破了，内脏流到了锅里，烟更浓了。烟往天花板上升腾，被太阳照亮，这番经历中的某种东西让本雅明觉得上帝也参与其中。他觉得这根烟柱构成了一条通道，一道神圣的闸门，那条鱼通过它升向了天国。突然，他眼前的一切变得非常清晰，仿佛地球上所有的事情全都集中到了这个煎锅里,整个星球的重量似乎全都压在了煤气炉的上方。

然后就结束了。

世界安静下来。

本雅明走到平底锅前面,把它放到水槽里,倒上水,原来的嗞嗞声被另外一种嗞嗞声代替,然后是一片寂静。他看着平底锅里那条小小的、烧焦了的鱼,把它铲到垃圾桶里,往上面盖了一些纸。他走到皮埃尔面前,皮埃尔站在离炉子几步远的地方一动不动。

"这样做是不对的,皮埃尔。"

皮埃尔抬起头严肃地看着他哥哥。

"你走吧,我来处理这里的事情。"本雅明说。

皮埃尔走了,本雅明从窗户看见他飞快地奔向谷仓。本雅明清理着煎锅,用热水把上面的鱼鳞刮掉。

他走出去,坐到了石阶上。外面的光线太亮,让他眼前一黑。他听到屋里传来一个模糊的声音,有谁走到了台阶上。那里突然站了一条狗,刚刚从午睡中醒来。

"是你啊,过来啊。"本雅明小声模仿妈妈呼唤狗的方式,用手轻轻拍了拍自己的膝盖,莫莉跳到他的怀里,在他的怀里坐好。他搂住它,如果把莫莉暖和的身体贴到自己的胸口,他的心脏也许就会跳得慢一些。他站了起来,沿着小径走到湖边,抱着莫莉坐到了一块大石头上。外面仍然像是经历了一场日食一般,当那些颜色回来后,他看清楚了他怀疑的那件事:世界变了。他看到一群鱼在水面下争夺食物,然后水面上形成了涟漪。他看着那一圈圈波纹,注意到它们不是向外扩张的,而是向内移动的。它们向中心收缩,最后在自己的涟漪中消失得无影无踪。他往峡湾那里望去,看到了同样的现象。湖上的水晕在往中央移动,仿佛有人在倒放电影。湖上传来一阵尖叫的回响,他很惊讶,向远处望去,试图确定声音的来源。然后他尖叫了一声,明白过来——时间并没有停止,而是倒流了。

他用手捂住眼睛。

"是你啊,过来啊!"

是谁在喊?透过手指,他往昏暗的草坪看去,看到爸爸妈妈坐在那里,刚刚睡醒,一脸茫然。妈妈看见了本雅明怀里的狗,又叫了它一声。这时世界缓缓地恢复正常了。

他放下莫莉,莫莉飞快地跑向妈妈,本雅明沿着草丛中的小径跑在后面。他的父母坐在那里往草地这边看。妈妈拿出一包烟放在桌上,伸手迎接那条狗。

"嗨,儿子。"爸爸用含糊不清的声音说。

"嗨。"本雅明说。

他坐到了草地上,没有说话。妈妈朝他看了一眼。

"过来帮我挠一下背。"她说。

本雅明站在她身后,认真地给妈妈挠痒。妈妈闭上眼睛,发出轻轻的声音。他的手伸进了妈妈的衣服里。

"等等。"她说着,解开了胸罩,好让他挠得更方便一些。他的手指从脖子伸到肩胛骨上,感觉到了她皮肤上松紧带留下的印迹。他认真地挠着,用他知道她喜欢的方式,因为他不希望这个瞬间结束。妈妈抬头看了一眼本雅明。

"亲爱的,你怎么哭了?"

本雅明没有回答,只是继续为妈妈挠痒。

"发生什么事了?"

"没事。"他回答。

"亲爱的,"妈妈说,"你不应该哭的。"

然后她不说话了,垂下了头。

"再往下一点。"

本雅明用眼角的余光看到拉尔森三姐妹正悄悄地溜向露台。它们在草坪上排成一行,观察着这里发生的事情。他感到自己心脏的跳动。他想到了那条鱼,想到了冒烟的煎锅和粘在锅面上的鱼鳞。母鸡们盯着他,它们知道他做了什么,正无声地审判着他。

　　他一边给妈妈挠痒,一边看着这三只母鸡。他不敢往远处看,不敢往天上看。他不敢把目光转向餐桌,因为他害怕午餐还留在上面,害怕那顿饭才刚刚吃完,害怕爸爸妈妈马上就要午睡了。

## 第五章
### 20:00

本雅明站在湖边,手里拿着一束干了的毛茛花,哥哥和弟弟站在一旁。尼尔斯捧着骨灰瓮,它很沉,他不停地换着手,脸上的表情越来越困惑,仿佛妈妈的重量让他吃惊。

"我们是不是该说些什么,"尼尔斯说,"或者我们该怎么做?"

"我不知道。"本雅明说。

"有点什么仪式?"

"我们就这样开始吧。"

"等等,"皮埃尔说,"我要撒尿。"

他往外走了一步,朝向水面,拉下拉链。

"拜托,"尼尔斯说,"我们是不是应该严肃一点?"

"当然,可是我要小便。"

本雅明打量着皮埃尔的后背,听着他的尿打在岸边的石头上。他看见尼尔斯在努力地让捧着骨灰瓮的手更舒服一点。

"需要帮忙吗?要不要让我拿一会儿?"

尼尔斯摇了摇头。

湖水很平静,本雅明看见森林映在水中的倒影,看见两片天空,都闪着粉红色和黄色的光。远处的太阳沉到了巨大的云杉树下。湖湾外,一个泡沫浮标躺在平静的水面上。

"看,"本雅明指着浮标说,"那个不是我们的吗?"

尼尔斯轻轻地挠了挠额头上的蚊子包,朝远处那个小点看去。

"真该死,"他说,用一只手挡住太阳,好看得更清楚一些,"那是我们在这里的最后一段日子。会不会是我们在所有事情发生的前一天放的网,后来一下出了乱子,我们突然急着回家,会不会……"

他笑了起来。

"会不会我们真的忘了在回家之前把网拉上来?"

本雅明看着那浮标,它有点远,但仍然足以让他看清形状。它的边缘是锯齿状的,是冬天老鼠们在船坞肆虐时咬坏的。

"你是说,它一直在那里?"本雅明问。

"是的。"

本雅明在心里想象着那张网——在水下五米深的地方,漂浮着一个巨大的坟墓,一条条鱼并排挂在里面,有着不同的腐烂程度。鱼鳞和骨头,还有那一双双凝视着黑暗的眼睛,这一切都被卡在了薄薄的、水藻缠绕的网孔里,一年一年过去,岸上发生了很多事情,住在那里的一家人打包好东西走了,一切都空了,四季变换,几十年过去了,一切都在不停地改变,但是水下五米的地方,那张网却静静地留在那里,静静地等待,等待着拥抱那些靠近它的人。

"我们也许应该把它拉上来。"尼尔斯说。

"好。"本雅明说。

"要不明天吧,我们回家之前。"

在几步外的地方,皮埃尔发出了刺耳的声音,一种兴奋而短促的尖叫,仿佛想马上表示反对,但又没想好该怎么说。与此同时他背对着哥哥们,用手抖掉了最后几滴尿。

"不,该死的,"他拉上拉链,喊道,"我们现在就拉!"

"可现在我们要举行仪式。"尼尔斯说。

"可以等一等,"皮埃尔说,"兄弟们坐船去湖上,夕阳时分的最后一次乘船航行。妈妈会喜欢这样的!"

"不,现在不行。"尼尔斯说。可是皮埃尔已经沿着堤岸往外走了,从岸边的一块大石头跳到另一块上。"你们觉得那条船还在吗?"他大喊。本雅明和尼尔斯迅速看了一眼对方。尼尔斯温柔地笑了一下。他们跟着弟弟朝船坞走去。

是的,那条船还在,被好好地系在大木桩上。那条白色的旧塑料船跟他们离开时一模一样。一部分地板和船头的座位长出了苔藓,船尾的积水构成了独立的以水藻和污泥组成的生态系统,但船是完好无损的,桨一如既往地藏在地板上的防水帆布下面。三兄弟各自站到船的一边,皮埃尔负责指挥这场远征,他喊着"来吧",于是他们开始拽,石头在船底发出咔啦咔啦的声音,直到船滑进黑黢黢的水里,湖面才又回归了平静。

本雅明划着桨,皮埃尔和尼尔斯坐在船尾,给船尾压重,船头翘起来指向天空。这情景让他们一下子想起了从前。本雅明看着他的兄弟,为了纪念妈妈,他们穿着黑色的西服,打着黑色的领带。皮埃尔戴着太阳镜,本雅明觉得这副眼镜看起来很大,显得很女性化。尼尔斯脱掉了鞋袜,卷起了西服的裤腿,避免把它们弄湿。他们没有说话,而是听着桨轻缓的拍打声,以及本雅明顺着船两侧抬起桨时,水滴落在水面的声音。黄昏来得很快,湖岸变成了乳白色,本雅明抬起头,突然看见了头顶的星空,尽管天仍然是蓝色的。他看见湖岸上方的那栋房子,门开着,仿佛爸爸妈妈一会儿就会从屋里出来,拎着装饮料和香肠的小篮子走到湖边。他看见长着一堆野花的草坪,一阵凉凉的微风在湖面吹起涟漪。

"喂。"皮埃尔喊道。靠近浮标了,三兄弟做好了准备,就像孩提时代那样,各就各位、各司其职。最后,本雅明让船倒退了一点,尼尔斯弯下身子,抓住了浮标。

"我们得做好准备,会看到可怕的东西。"尼尔斯说。

然后他开始拉那根褪色的黄色尼龙绳,把它堆在船里,一开始很轻松,但后来就感觉到网的重量了。他没有料到会有这么大的阻力,身体失去平衡,不得不坐了下来。

"天哪,"他嘀咕道,"皮埃尔,来帮着拉。"

皮埃尔和尼尔斯摇摇晃晃地站着,两人一起拉,网移动着,慢慢地接近水面。

"我看见梭子了!"皮埃尔大喊。本雅明站了起来,看着渔网的轮廓,里面隐藏着各种东西,仿佛一种黑暗要穿越另外一种更大的黑暗。兄弟俩拉着网,尼龙绳勒着手,把他们疼得龇牙咧嘴。在渔网刚好升到水面的时候,绳子断了。船摇晃了起来,三兄弟扶住船沿,身体探到船舷外,看着那一团庞然大物重新沉入湖中。

皮埃尔笑了起来,声音回荡在湖面上。尼尔斯微笑着看着弟弟,转而大笑,本雅明也被感染了。这下他们三个都大笑起来。本雅明调转船的方向,开始往岸边划去。

三兄弟从妈妈的住处找到了那封信,信上她说希望自己的骨灰被撒在小屋外面的湖里。她没有写确切的地方,但他们已经达成一致,找到了合适的位置——岬角最外面的水边,白天她经常坐在那里读早报。傍晚,在夕阳落山之前,天光变成金色的时候,她也会坐在那里,听风在各种树间穿行,从远处的树冠抵达近处,吹过不同的树,发出不同的沙沙声。不管白天的风刮得有多猛,同样的事情总会发生——在太阳落山之时,风会停止,湖面会平静下来。此刻三兄弟正站成一排,就在夕阳西下的那一刻,站在水边。尼尔斯捧着骨灰瓮,站到了弟弟们前面。

"我在想我是不是要撒个尿。"皮埃尔说。

"又要撒尿?"尼尔斯问。

"不可以吗?"

"天哪。"尼尔斯嘀咕道。

"我可不想尿在裤子上,你说对吧?"

"好吧,"尼尔斯说,"这种悲剧以前可是发生过的。"

"没错。"皮埃尔说。

"这件事上你依旧是我们中间最厉害的,"尼尔斯说着,咧嘴笑了起来,"小时候你尿裤子的次数最多。"

"我玩得很开心,不想停下来,上厕所这事太无聊了。"

三兄弟大笑起来,他们的笑声相同,听起来像是有人在揉报纸。

"二年级的时候,有一回课间踢足球,我尿到了裤子上,"皮埃尔说,"就尿出了几滴,但还是可以从牛仔裤上看出来。一个五克朗①硬币那么大的点,就在拉链正上方。很快就被比约恩发现了。"

"我记得比约恩,"本雅明说,"他总能发现别人的弱点。"

"就是他。他看见了尿渍,指着它大喊大叫,说我尿裤子了。大家全都看着我。但我解释说那块碰到了球。因为刚刚下过雨,地上很湿,球也是湿的,所以这是一个完全合理的解释。比约恩不说话了,我们继续踢球。我非常满意,因为这是个不错的谎言,编得很巧妙。我尿在了裤子上,但又摆脱了这个嫌疑。"

---

① 瑞典货币单位。

他的哥哥们大笑起来。

"可后来我又尿出了一些，"皮埃尔说，"尿渍扩大了，比约恩又发现了。课间休息结束，我们大家回到室内时，他来到我边上，盯着我看，一直低头看我的裤子。我们来到教室，他大喊了一声：'去皮埃尔身上叠罗汉！'"

"叠罗汉？"本雅明问。

"是的，你从来没有被别人叠过罗汉吗？有人喊出一个名字，这时大家都要压到他身上，叠成很高的一堆。"

"然后怎么了？"本雅明问。

"大家都跳着压到我身上。我躺在最底下，没法动弹。我上面是比约恩。我俩面对着面，我记得他朝我笑了一下，然后把手伸到我的牛仔裤里。我拼命反抗，但是我完全动不了。他伸手去摸我湿掉的内裤，然后他把手拿出来闻了闻，大喊：'是尿！皮埃尔尿裤子了！'"

"当时没有老师吗？"本雅明问。

"我不记得了，"皮埃尔回答，"不管怎样，没有人来管这事。"

皮埃尔从岸边捡起一块石头扔进水里。

"他们压在我身上，开始大喊大叫，说我尿裤子了。"

本雅明注意到，皮埃尔的脖子上出现了红色的斑点。他很熟悉这些斑点，小时候每当皮埃尔害怕或生气的时候,他总是能看到它们。

"我躺在那里,可以看到走廊,"皮埃尔说,"我看见你站在门口看。"

皮埃尔转头看尼尔斯,平静地凝视着他。

"不,"尼尔斯说,"从来没有过。"

"有的,"皮埃尔说,"你看我躺在那里,然后你走掉了。"

尼尔斯飞快地摇头,本雅明认出了他那紧张、倔强的微笑。

"你爱怎么说就怎么说,"皮埃尔说,"我记得清清楚楚的,从来没忘记。那时候我没有多想,直到最近几年我才觉得无法理解这件事。你比我大这么多,你只要走进教室,让他们住手就行,对你来说是那么容易。"

皮埃尔看着尼尔斯。

"可你只是走掉了。"皮埃尔说。

尼尔斯低头看着抱在怀里的骨灰瓮。他用大拇指搓揉着盖子,仿佛想要把上面的一个污点搓掉。

"我不知道你在说什么。"他说。

"你也许不记得了吧?"皮埃尔问,"你经常这样。你什么都看不见,什么都听不见。只要你一不知道该怎么做,就会大喊你住在一个疯人院里,然后把自己关进房间。可是哪怕你视而不见,疯人院依然在门外。"

"摘掉你的太阳镜,"尼尔斯说,语气突然严厉起来,"对妈妈尊重一点,别这个样子。"

"我他妈想怎么样就怎么样。"皮埃尔回答。

本雅明变得警觉起来。他感到这场对话开始变味了,还注意到尼尔斯捧着骨灰瓮的手更用力了,此刻他正看着皮埃尔,目光一直没有移开。

"我只说一遍,现在你仔细听好了,"尼尔斯说,"我们小时候对你不好的事,我不希望你再说一个字。我不希望再听到一个字。"

"你背叛了我。"皮埃尔说。

尼尔斯盯着皮埃尔。

"我背叛了你?"他说着,又笑了起来,"可怜的人是你吗?我不记得小时候你和本雅明有哪一天没骚扰我。你们让我感到自己很没用,而现在觉得可怜的人是你?"

皮埃尔朝湖面望去,轻轻地摇了摇头。"现在我们开始仪式吧,仪式结束之后你再哭。"

尼尔斯朝皮埃尔走近一步,紧挨着他。

"你可别不尊重仪式。"

皮埃尔立刻做出反应,也朝中间跨了一步。本雅明走上前去,试图把他们隔开。此刻他们三人紧紧贴在一起,身处于一种他们完全陌生的挑衅气氛。他们的目光中突然没有了愤怒，只剩困惑。他们不安地看着彼此，自己都不知道自己在做什么。

"现在我们平静一下。"本雅明说。

"我不想平静，"尼尔斯说，"小时候你觉得我跟死了一样。是的，每次我一出现你就说我又丑又恶心，所以我不愿意跟你们玩，这很奇怪吗？你们的眼睛说明了一切。"

"说明了什么？"皮埃尔问。他一言不发地站了一会儿，然后模仿尼尔斯做了个斗鸡眼，咧嘴笑了起来。

尼尔斯用尽全力地将骨灰瓮砸向弟弟。皮埃尔没有防备，骨灰瓮砸到了他的胸口。本雅明立刻听到皮埃尔身体里有什么碎掉的声音。

## 第六章
桦树之王

露台上的晚餐即将结束。妈妈拿着一根烟,端起空碗想找打火机。爸爸焦躁地看着自己空空的盘子,感觉不是很满意。妈妈切掉了猪排上的肉皮,把它留在盘子里,这会儿爸爸看到了。他偷偷看着盘子里的肉皮,那条肉皮就像一根被熏黑的手指摆在盘子上。他用眼角的余光打量了一下,在心里盘算着。

"那块……"他终于开口了,指了指剩下的肉皮。妈妈飞快地用叉子叉住它,放到爸爸的盘子里。

"谢谢。"爸爸小声说,立刻吃了起来。妈妈看着他吃,脸上细微的表情透着厌恶,本雅明是唯一能够发现这些表情的人,他知道妈妈对爸爸毫无节制的吃法感到恼怒。当他用眼神扫视别人的盘子时，当他晚饭后溜进厨房做"三明治加餐"时，当他每天下午无精打采打开冰箱寻找有什么可吃时——妈妈会厌恶他的这些做法。有时候妈妈会爆发，大喊着说他是头牲畜。爸爸通常一言不发，立刻关上冰箱门走掉。不过有时他也会用同样的愤怒来回应："让我吃吧！"

爸爸放下刀叉，用拳头砸了一下桌子。

"儿子们！"他用一团纸巾擦了擦嘴，"我想带你们去看一个你们从没见过的地方，谁愿意跟我去？"

本雅明和皮埃尔立刻站了起来。小屋就是小屋，小屋就是世界，是四面被森林和水环绕的小房子，除此之外的一切都是未知的领域——这个岬角就像灰色地图上一个发光、跳动的绿点。爸爸说的带他们去看一个新的地方，包含了一个扩大已知世界的诺言。他们做好准备，仿佛要面对一场艰难的远征。爸爸穿上那双及膝的高帮靴，命令本雅明和皮埃尔戴上防虫的帽子。

"你去吗，尼尔斯？"爸爸问。

"不去。"他回答。

"那是一个秘密的地方，"爸爸说，"一个会让小孩变得有钱的地方。"

"不去，"尼尔斯说着，伸手拿起牛奶杯，将剩在杯底的奶喝完,"我受不了。"

他们沿着斜坡往下走,穿过草地。爸爸伸出手,让高高的草穿过他的指缝,摘下一根,把它塞进嘴里,用牙咬住。他自然知道往哪里去,本雅明和皮埃尔紧跟着爸爸,有时候会越过他的后背往前看,看他要去哪里。他们走进树丛,光线立刻暗了下来。

"你还是害怕森林吗,本雅明?"

"不,不那么怕了。"本雅明回答。

"来这里的第一年夏天,我们一走进森林你就开始哭,"爸爸说,"我不知道为什么,你不愿意说。"

"不。"本雅明说。他无法用语言来表达,但对森林的害怕曾在他心里存在过很久,尤其是雨后,树木变得沉重,沼泽变得绵软,他害怕被困住、被吸入,害怕消失。

"关于森林我知道一件事,"爸爸说,"每个人心里都有一片只属于自己的森林,一片自己了如指掌的、能感到安全的森林。拥有一片自己的森林是世界上最美妙的事情。只要在这片森林中走动得足够多,你很快就能熟悉这里每一条难走的路、每一块石头、每一棵断裂的桦树。然后这片森林就是你的了,它属于你。"

本雅明朝这片幽暗的森林深处看去,它看起来不像是属于他的。

"来，继续走，"爸爸说，"我们很快就到了。"

他们经过了控制湖与河之间水流的大坝——本雅明和皮埃尔以前都没有来过离家这么远的地方，从此刻开始的一切都是新的、从未踏足过的。他们路过一片沼泽，里面立着巨大的石头；他们走过一片杉树林，然后突然发现了一块林间空地。爸爸掰弯了一根杉树枝，让男孩们先走。

"欢迎来到我的秘密领地！"

在他们面前，耸立着一片独立的小树林，里面全是密密麻麻挤在一起的桦树苗。这些树苗又细又单薄，紧紧地挨在一起，就像生锈的灯柱一样。林子后面，湖水在树干间波光粼粼。

"你们觉得怎样？"爸爸问。

"很漂亮！"本雅明说。他不想表露自己的失望，这些不过就是树而已。

"有多少棵？"皮埃尔问。

"我不知道，"爸爸回答，"好几百棵吧。"

"那么多。"皮埃尔说。

"想想看，这就发生在我们身上，"爸爸说，"这些树就长在这里，非常少见。瑞典到处都是桦树，疣桦、金字塔桦、垂枝桦，各种各样。但这些是银桦，小伙子们。"他把一只手放在树干上，抬头往上看。"这是所有桦树中最好的。桑拿房里烧的银桦树枝，那香气胜过世界上的任何东西。"

本雅明走上前去摸其中一棵树。他抓住一根树枝，试着把它从树上扯下来，可是它却不愿意离开树干。

"我给你演示该怎么做，"爸爸说，"不要拉树枝，而是去折它。折最末端的部分，因为我们需要有足够的长度抓住，这样在把水倒在滚烫的石头上时，才不会被烫伤。"

本雅明看着爸爸一根接一根地把树枝折下来，攒成一束用左手拿着。看起来那么简单。

"别站在那里看，"爸爸笑着对儿子们说，"来搭把手。"

他们肩并肩站在一起，放松而沉默。爸爸飞快地朝森林里瞥了一眼，在一声鸟叫后嘀咕了一句"布谷"，其他时候他们则安安静静地站着，手里忙着活儿。

"你们知道它们为什么叫银桦吗？"爸爸问。

"不知道。"

"这是一个奇怪的名字，是吧？它们身上没有什么东西能让人联想到银色。树叶是绿的，树干是灰的。不过据说到了晚上它们会发生一些变化。"

他蹲下身子，抬头看向树冠。"当满月照到树上，树就会变色。如果仔细观察，会看到树叶是银做的。"

"真的吗?"皮埃尔问。

"真的。"

皮埃尔睁大了眼睛看着爸爸。

"别这样,"本雅明转身看着弟弟说,"这显然不是真的。"

爸爸笑了起来,揉了揉皮埃尔的头发。"不过这是一个挺美的故事,对吧?"

他们折啊捡啊,太阳沉入树干间。皮埃尔摘掉了帽子,挥掉了一只虫子,使劲地挠着整个脑袋。爸爸最先完工。

"差不多了,"爸爸说着,满意地看着自己那捆桦树枝,"我需要十捆桦树枝,把它们挂在桑拿房的门廊上晒干,这样冬天桦树上没有叶子的时候,就可以用它们了。你们扎一捆桦树枝,就可以得到五克朗。"

本雅明和皮埃尔互相击了一下掌,立刻投入任务,准备为钱工作了。

"我要回去跟妈妈喝一杯了,"爸爸说,"你们弄好就回来。"

说着他朝家的方向走去。

本雅明开始折起来,攒他的第一捆树枝。他试着计算到底可以赚多少钱。十捆就是五十克朗,再除以二。然后他把这些钱变成口香糖,每块口香糖五十欧尔[①],这些钱可以让他得到五十块口香糖。如果他每天吃一块,够吃整个夏天。他已经学会了怎么省着吃口香糖。一天晚上睡前他把吃过的口香糖粘在床头柜上。醒来的时候,他突发奇想又把它塞进了嘴里,发现它的味道又回来了,差不多就像一块新的口香糖。他有种骗过了自然定律的感觉。这个发现改变了一切,他开始反复利用口香糖,一块口香糖突然可以吃上好几天。不过后来他大意了,把口香糖粘在了妈妈会发现的地方,妈妈禁止了所有这样的行为。

他扎好了自己的第一捆树枝,低头看站在身旁的皮埃尔,他两手空空,下嘴唇在发抖。

"我不会,"他说,"我折不断那些树枝。"

"没关系,我帮你折。"

"可是……"皮埃尔说,"那我也可以有钱吗?"

"可以的,我们平分。"

本雅明又折了十根树枝,把它们交给皮埃尔。

"现在我们回家给爸爸看。"

他们手里拿着桦树枝,在黄昏中奔跑,在杉树间穿行,跑过水坝,来到房子下面的草地上。在石阶下他们可

---

[①] 瑞典货币单位,一百欧尔等于一克朗。

以看到坐在桌边的爸爸妈妈,那桌子就像昏暗傍晚里一个点着蜡烛的发光小岛,桌上还有一个酒瓶。爸爸拿出了一段香肠。他们把桦树枝放到爸爸怀里。

"很棒!"爸爸说。

"真不错。"妈妈说。

爸爸仔细看着那一捆捆树枝,仿佛在检查它们的质量。他已经将五克朗硬币叠成一堆放在了桌上。看到那堆闪闪发亮的金属,本雅明浑身颤抖了一下。爸爸一手拿一枚硬币,郑重其事地分别交到两个儿子手里。

"你长大了要去折桦树枝吗?"妈妈问。

"也许吧。"皮埃尔说。

"也许。"妈妈笑着重复了一遍。

妈妈向两个孩子伸出双手。"亲爱的,"她抱住了他们,说,"你们在一起干活儿真好。"她冰冷的脸颊贴着本雅明热乎乎的脸,她身上有防蚊水和香烟的味道。她把两个儿子的脑袋紧紧贴在胸口,用手抚摸他们的头发。当她松开怀抱的时候,他们就像刚刚醒来一样,有点迷茫,困惑地站在那里看着妈妈的微笑。

"孩子们的第一份暑期工作。"爸爸说着,眼睛里突然涌出了泪水,蜡烛的火光在他的眼睛里闪烁。"太好了。"他小声说着,在口袋里摸索手帕。妈妈握住了他的手。

"去吧,小伙子们!"爸爸喊道,兄弟俩便跑掉了,"再去弄更多回来。"他大声说,可这时两个男孩已经跑过了半个草地。他们在夏天的傍晚轻快地跑着。这次干得很快,本雅明折树枝甚至不需要看,只需要把树枝递过去,皮埃尔站在那里接过,把它们拢在一起。等他们又弄好两捆,就沿原路跑回去,目标是花园里那艘烛光照亮的小船。爸爸在远处喊:"他们又做到了!"他们跑得更快了,两个男孩的脚步声沿着泥泞的小路传到花园。"小伙子们又做到了!"

爸爸接过桦树枝,检查了一番,然后抬头看着孩子们:"你们是桦树之王。"

然后他们又跑掉了。天很快黑了下来,穿过森林的路变得更难看清了,融入昏暗中的树枝打到了他们的脸。当他们到了那个地方,只见桦树林后面的那片湖呈现出淡淡的灰色。

"咱们去打水漂吧?"皮埃尔问。

他们穿过银桦林,朝湖边走去,抓住他们经过的每一棵银桦树,搞得它沙沙作响。他们沿着岸边寻找合适的石子。皮埃尔扔出一颗石子,入水点的周围溅起了水花,水面附近的鱼立刻冒了出来,游入了湖水深处。

"嗨!"皮埃尔隔着湖大喊,回声弹到对岸高高的杉树上，然后又弹了回来。

"嗨啊！"本雅明大喊，皮埃尔咯咯地笑了起来。

"桦树之王！"皮埃尔使出全身力气喊道。森林做出了确认，回喊了同样的话。

一层薄雾升起，使得他们看不见对岸了。皮埃尔踢着石子，用手拍去胳膊上的一只蚊子。

"你还好吧？"本雅明问。

"还好。"皮埃尔不解地看着他回答。

本雅明不知道他该怎么说，他甚至不知道自己问这个问题是想说什么。

"我们继续折吗？"本雅明说。

"好，你还能帮我吗？"

"当然。"

很快，他们又从草地上跑来了，将桦树枝举过头顶挥舞着。爸爸一个人坐在桌子旁。

"妈妈呢？"

"她去解小便了。"爸爸回答。本雅明用眼睛在丁香花丛后面的阴影中搜寻，那是妈妈来不及回屋时上厕所的地方，她正蹲在那里，裤子褪到脚踝处，眼睛望着湖面。

"让我看看这次你们带回了什么。"爸爸说着，两个男孩把树枝递了过去。"非常棒，"他仔细地检查着它们，说,"明天我来教你们怎样把树枝捆起来,这很重要,必须捆得很好,因为要把它们挂在室外,它们得经受住秋天的大风。"

"怎么样了?"妈妈从那片看不清的绿植中走出来,问道。

"孩子们又攒了两捆树枝。"爸爸说。

"这样啊。"妈妈说着坐下来,伸手去拿酒瓶,重新往自己的杯子里倒满。她看着爸爸怀里的树枝,拿起其中一捆,在手里掂了一下。

"可这是怎么回事?"她问。

她的声音变了,语气变得尖锐起来。

"一捆比一捆小,看这捆,"她举起其中一捆树枝给儿子们看,"只有第一捆的一半那么多。"

"是吗?"本雅明问。

"别狡辩,"妈妈回答,"你们非常清楚自己在做什么,对吧?"

"什么?"本雅明问。

"你们只想要钱,"她说,"你们想作弊。"

"算了吧,"爸爸说,每当他想要偷偷地告诉妈妈什么事的时候,他都会用英语作为暗号,"冷静点。"

"不,我一刻也不想冷静,"妈妈说,"这简直是胡来!"

她看着两个孩子。

"你们是想要钱对吧?"她拿起那一小堆五克朗硬币,抓住皮埃尔的手,把它们拍到他的手掌上。

"很好,就这样,都拿走吧。"

她起身拿起香烟和打火机。

"我去睡觉了。"

"亲爱的!"她进了屋,爸爸在她身后大喊,"回来,拜托!"

皮埃尔飞快地把钱放回桌子上。爸爸坐在原地,眼睛盯着桌面。那捆桦树枝躺在兄弟俩脚边的地上。

"我们不是故意要偷工减料的。"本雅明说。

"我知道。"爸爸说。

他站起身,把蜡烛一根根吹灭,当黑暗降临桌面的时候,他转过身去,双腿分开面对湖面站着。本雅明和皮埃尔站在原地,一动不动。

"我知道怎么做能够让妈妈重新高兴起来。"

爸爸转身看着两个孩子,在他们身边跪下,小声说:

"你们可以给她采些花来。"

皮埃尔和本雅明没有回答。

"你们想想,如果能在卧室门外放一束花,她会很开心的。"

"可现在外面很黑了。"本雅明说。

"不需要很大的一束,送给妈妈,只要小小的一束就可以。你们能够做到吗?"

"能。"本雅明嘟囔道。

"去采毛茛花,妈妈喜欢毛茛花,就是那种小黄花,你们知道的。"

本雅明和皮埃尔一动不动地站在那里,看爸爸用叉子把一个盘子里的食物拨到另一个盘子里,再把餐具杯子叠起来,准备端进屋里。他抬头看孩子们,惊讶于他们还站在原地没有动。

"孩子们,去吧。"他小声说。

本雅明和皮埃尔去了草地。那里到处是毛茛花,它们就像昏暗的灯一样发着光。夏天的夜晚很凉,草变得湿漉漉的。本雅明蹲在那里采毛茛花,没有去想皮埃尔,过了一会儿才看见他在草地中央跪了下来,手里拿着三朵毛茛花,在那里无声地哭泣。本雅明搂住了他,把他的脸贴到自己的胸口,感觉到弟弟的身体在发抖。

"进屋睡觉去吧,"本雅明小声说,"我可以采完的。"

"不,"皮埃尔回答,"妈妈想要我们两个人采的花。"

"我采我们两个人的。我们就说这是我们一起采的。"

皮埃尔在黑暗中跑上了斜坡。本雅明往前弯下腰,凑向潮湿的草丛，好让自己在黑暗中看得清楚一些。他都快贴到地面和地上的爬虫了，感觉到自己的呼吸呼到了地面上。他抬头看着房子，看见皮埃尔进了屋，屋里的灯亮了起来。他觉得那两扇面向湖的窗子就像一双眼睛。石阶像一排牙齿，嘴巴歪着。这栋房子仿佛在朝他咧着嘴笑。然后他朝那些巨大的杉树看去，想象着在那上面，从树梢的角度看自己是什么样子；想象着在那上面看到的房子，那老旧的屋顶，地窖上方的石块，对称的醋栗树丛——在杉树顶上它们看着更整齐；想象着那片草地，它就像一块打开的、滚向水边的地毯；想象着草地上有一个小黑点——那是他自己——在下面做着莫名其妙的事情。除此之外，在水的另一边，还有成千上万棵杉树，以及那片灰色的、未知的、巨大的原野。本雅明往前走，让毛茛花带路，朝草地的边缘走去，然后被吸进森林之中。他的眼睛盯着地面。他采着花，没有去想这些花会把他带到什么地方去，突然，他又站到岬角上那一大片桦树苗的脚下。满月透过树干照下来，林间刮起了一阵风，树木沙沙作响。本雅明往回退了一步，当树木被点燃的时候，他被火光刺得不得不遮住眼睛。火花如雨点般落到了灰暗的岬角上，银色的火光无法控制地在林间蔓延开来。

## 第七章
18：00

桑拿房里，本雅明看到了尼尔斯光着的后背。那一团痣还在那里，仿佛一大片棕色的斑点落在了他的肩胛骨之间。尼尔斯从小就很担心那些痣，总是用护肤乳和防晒霜去涂抹它们，妈妈反复告诫他不要去挠。他坐在岸边读书或晒肚皮的时候，皮埃尔和本雅明经常悄悄地从后面挠他的背。尼尔斯气疯了，拼命地朝空气挥打。

这是孩提时代之后，他第一次看到兄弟们赤裸的身体。皮埃尔的阴毛刮得干干净净，身上一根毛都没有。本雅明曾在色情片里见过这样的情况，但在现实生活中没有毛还是太显眼了。他低头看自己的阴茎，一根被皮肤包裹的棕色肉棍，沉睡在包围它的毛丛中，死气沉沉的。而皮埃尔的阴茎搭在桑拿房的坐凳上一跳一跳，仿佛有自己的生命一样，像一团黏糊糊的意识。皮埃尔也许注意到了本雅明在盯着他看，蒸了一会儿后，他用毛巾裹住了自己的腰。

"我不知道你有那么多文身，"本雅明对皮埃尔说，"有一些我以前没见过。"

"没见过吗？我已经想把它们洗掉了。"

"哪些？"

"比如这个。"

他指着文在身上的一个卡通拳头和上面的文字：拯救婆罗洲人民。

"婆罗洲人民怎么了？"本雅明问。

"没怎么，"皮埃尔说，"所以我才觉得好玩。"

本雅明笑了起来，尼尔斯笑着摇摇头，低下头看下层木板上自己的脚。

"有一回我喝醉了，请文身师给我文一个箭头，指向阴茎，配上这样的字：它不会自己吮吸自己。"

三兄弟很有节奏地笑了起来，一阵接着一阵小声地笑。尼尔斯朝墙上的温度计看了一眼，小声说："九十度。"

"我得休息一会儿。"本雅明说着，走了出去。他站在桑拿房的门廊上，一面墙上并排挂着六捆晒干的桦树枝。

本雅明靠着斑驳的木墙，抬头看那一排整齐的树枝，他朝第六捆伸出手去，这捆树枝要比其他几捆小。他让手掌小心翼翼地划过锋利的、晒干的叶子。

尼尔斯从桑拿房里走了出来。"来吧，我们去游泳。"他大喊着，沿着桑拿房小小的门廊往湖边跑，踩到什么硌脚的东西被绊了一下，然后在水边站住了脚。他站在那里迟疑的时候，想起了小时候的自己，想起了那些夏天，那时爸爸逐渐烦躁地朝站在岸上的他大喊，叫他去游泳。叫喊声越来越尖厉，爸爸因为儿子不愿意跳进水里的行为恼羞成怒。最后尼尔斯生气地走了，没有去游泳。皮埃尔打开桑拿房的门，从热气中摇摇晃晃地出来，走到水边。他张开双臂蹚进水里，误踩到一块石头，差点摔跤，嘴里骂了一句"该死"。然后他跳入水中，划着水游走了。他游得非常优美，缓缓地划水，径直游向了湖中央。本雅明走到岸边，站到尼尔斯身旁。水位很低，他们一定是最近打开了水坝放水。在那些潮湿的石头间，他看见一条河鲈正侧着身子躺在潮湿的碎石上——它一定是水位下降时搁浅在这里的。他弯下腰，抓住鱼鳍把它捡了起来。

"看。"他说。

他小心翼翼地把鱼放进水里，看着它慢慢地转动身体，最后肚皮朝上。它在那里摆动，白色的肚皮正好露在水面上。他用手指轻轻推了推这条鱼，试图把它拨正，但鱼侧躺了一会儿。他看见鳃在动，这条鱼没死，但它没力气保持平衡，肚皮重新翻了上来。从小时候起那种恐惧——对鱼的恐惧——就在那里。他喜欢钓鱼，却讨厌有鱼上钩。因为一条鱼上钩后，就会发生那种没有规律的拉扯。你知道线的另一头有一个活物，一个有意识的东西。露出水面时，鱼会拍得水花乱溅，拼命求生，这让本雅明产生了存在主义式的厌恶。剖鱼的时候爸爸会来帮忙。爸爸把鱼直立着放到木凳上，用一把刀扎入它的颈部——每次都是同样的恐惧。

"这只是条件反射，孩子。"他说。鱼在他的手里扭动，继续挣扎。爸爸只好把刀扎得更狠、更深，与此同时不停地跟孩子们说："它没有感觉，已经死了。"有那么两三回，鱼在手里挣扎得太久，就连爸爸也开始担心起来，他打量着那条鱼，不知道自己该怎么办。

剖鱼的过程中，他在野蛮与巧妙之间快速转换。他粗暴地扯下内脏扔进湖里，然后在孩子们严肃的沉默中仔细地去除鱼胆，因为它如果破了，可能会污染鱼肉。

本雅明蹲在水边，戳了戳那条鱼，然后又戳了一下。

"来吧，小鱼，"他小声说，"我为你加油。"

这下它直起身子，可以感知到水的流动了。它成功了，一动不动地保持了一会儿。鱼在湖水中找寻方向，然后突然一下游走了。

他看着哥哥。

"好了，"本雅明说，"只是必须这么做。"

"就是这样。"尼尔斯回答。

于是他们下到湖里游了起来，侧着身子，大叔般的泳姿，用脚打了几下水花，然后站了起来，三个人站到彼此身旁。水很暖和，他们站上好一会儿也不会觉得冷。

"咱们是不是该回桑拿房再蒸一轮？"尼尔斯说。

"当然，"皮埃尔说，"先等我在湖里大便一下。"

"该死的。"尼尔斯嘟囔着，蹚着水走向了岸边。皮埃尔在湖面上大声笑着："妈的，我只是开个玩笑！"

他们又钻进了桑拿房，透过那扇面朝湖水的小窗子往外看。

"我们是不是把那个时间胶囊埋在这附近什么地方了？"皮埃尔问。

本雅明站了起来，向外张望。

"是的，我觉得就在那棵树下。"

本雅明记得爸爸送给他们的那个旧铁皮面包罐，他和皮埃尔在里面装满了东西，然后把它埋到了很深的土里。这是一项科学计划，目的是为后世保存重要信息，让他们了解二十世纪的人是怎样生活的。

"我们得把它找出来。"皮埃尔说。

"这很难吧。"本雅明回答。

"为什么?不就是挖吗?"

"可我们不知道它具体被埋在哪里了。"

"别说了,"皮埃尔说,"我能找到它!"

他冲出了桑拿房,另外两个兄弟看着他跑到窗外的那片草坪,在树旁跪了下来,疯狂地用手挖土。他刨出一些土,把它们堆到一边,然后继续挖。可他立刻发现这样不行,他连第一层土都刨不干净。他困惑地跪了一会儿,然后起身,朝着谷仓跑去。

"他在干什么?"尼尔斯说。

"他有病。"本雅明回答。

尼尔斯伸手去拿水桶,把水浇到石头上,它们发出嗞嗞的声音。本雅明看到尼尔斯的胸口冒出了很多汗珠。

"你怎么会到这里来?"尼尔斯问。

"我不知道,"本雅明回答,"就好像自己身上有一部分命令我回到这里,而另一部分冲我大喊,让我必须离开这里。"

尼尔斯笑了。

"我也是。"

"再次看到这个地方真是奇怪,"本雅明说,"在我的脑海里,我来过很多次,那些事情不断闪过,一次又一次。而现在……"

他透过窗户往外看。

"就是很奇怪。"本雅明说。

"本雅明,"尼尔斯说,"我很抱歉,为所有这一切。"

他们抬起头看着对方,眼神又立刻垂了下去。尼尔斯往石头上再倒了些水,嗞嗞的声音仿佛在请他俩别再说了。

窗外,皮埃尔从谷仓回来了,脚上穿着拖鞋,手里拿了一把铁锹。他朝桑拿房的窗子看过去,把手举过头顶奋力挥舞。他把铁锹插到地上,因为用力很猛,剃了毛的阴茎跳了一下,甩到了他的大腿上。然后他挖了起来,浑身是汗,样子坚定,他的脚每踩一下铁锹,他都会发出一声响亮的吼叫。

"他找不到的。"本雅明小声嘀咕。

铁锹打到金属的声音在桑拿房里都能听到。本雅明和尼尔斯把头探向窗口去看,皮埃尔正扑倒在地上,开始用手挖。他从洞里拿出了什么东西,本雅明立刻认出了那东西。它沾满了泥,但远远地就能看到生锈的铁皮在闪光——是那个面包罐。皮埃尔叉开腿站起身,把罐子举过头顶,在那里含糊不清地叫着什么,就像一个找到了火的野蛮人。本雅明和尼尔斯跑出了桑拿房,皮埃尔把面包罐放到桑拿房外面露台的小桌子上,三个人聚拢到它的周围。

"你们准备好了吗?"皮埃尔说,"现在我们要跟小时候的自己打招呼了。"

他打开了罐子。最上面是一份早报,报纸的头版上登着:北约轰炸萨拉热窝。报纸下面有一个小信封。本雅明打开信封,他以为里面是空的,但后来他发现最下面有东西。他把信封里的东西倒在桌子上,它们就像塑料做的小月牙。本雅明起初没有看出它们是什么。

"啊,天哪!"过了一会儿他说。

"这是什么?"尼尔斯问。

本雅明弯下腰,碰了碰面前那一小堆浅黄色的东西。

"是我们的指甲。"

"什么?"尼尔斯问。

"我们剪指甲来着,"他说,"你记得吗,皮埃尔?"

皮埃尔点点头。他在桌边坐了下来,轻轻碰了碰那堆小小的男孩的指甲:"我们剪了你的左手和我的右手,十个指甲,这样未来的人就能知道我们是谁了。"

本雅明试着把这十个指甲按顺序放好,把那两个宽宽的拇指指甲放在中间，其他的放在两边。他把自己的手放在几个较小的指甲下面，看了看自己小时候的轮廓。

皮埃尔从罐子里拿出一张十克朗的纸币。

"看这个。"皮埃尔说。

"是我从妈妈那里偷来的。"本雅明说。

"我记得，"尼尔斯说，"我们透过窗子，看见妈妈抓住了你。"

本雅明迅速和兄弟们交换了一下眼神，把那张纸币放到了一旁。罐子底部有一束干的毛茛花，精致美丽，保存得很好，黄色的叶子在低沉的夕阳下显得十分耀眼。本雅明把那束花递给皮埃尔，他小心翼翼地握着花，仔细打量，然后看向远处，用一只手捂住了眼睛。

"我们是不是该再试一下，把这束花献给妈妈？"本雅明说。

他们简单地擦干身体，往湿湿的身上套上西服。三个人排成一列走过草地，来到水边。

本雅明站在湖边，手里拿着一束干了的毛茛花。哥哥和弟弟站在一旁。尼尔斯捧着骨灰瓮，它很沉，他不停地换着手，脸上的表情越来越困惑，仿佛妈妈的重量让他吃惊。

## 第八章
### 地窖

"太他妈恶心了,"尼尔斯走过两个弟弟身边说,"我看不下去了。"

"你们在做什么?"坐在一旁读报的爸爸问。

"我们在剪指甲!"皮埃尔说,"我们要把它们收集起来,放进时间胶囊里。"

"你们为什么要在时间胶囊里放指甲?"

"想象一下,如果一千年后的人们看起来跟现在完全不同,那么他们就可以看到我们的指甲长什么样子了。"

"聪明。"爸爸说。

那是一个清晨,太阳低斜,远远地照过来,青草上仍然带着露水,碗里的牛奶被太阳晒热,早餐麦片在里面膨胀开来。因为很早,所以风比平时更清新。每次刮来一阵强风,爸爸都会紧紧地抓住手里的早报,抬头看看发生了什么。他拿起杯子喝咖啡,再把杯子放到报纸上,每回都会弄出一圈棕色的印子。有时候他起身去厨房,切厚厚的三明治,抹很多黄油,多到他咬一口就能看到牙印。本雅明和皮埃尔穿着旧睡衣,坐在那里聚精会神地剪指甲,把它们剪成一堆放在露台的桌子上,然后塞进信封里,装入爸爸给他们的铁皮罐子。第一件"文物"就这样完成了。

"爸爸,我们可以把今天的报纸放进时间胶囊里吗?"

"当然可以,"爸爸回答,"等我把它读完。"

本雅明打量着爸爸,他在吃两个鸡蛋。本雅明希望在妈妈醒来前他赶紧吃完,因为妈妈讨厌看他吃鸡蛋。

"你有钱吗?"本雅明问,"我还想往里面放一张纸币。"

"你们不能拿昨天挣的五克朗硬币吗?"

"必须得是纸币,那样我可以在上面写一些问候的话。"

爸爸摸了摸裤兜,站起身,走进客厅去找钱包。

"我没有钱,"他喊道,"等妈妈醒了你们可以去问问她。"

"可我们现在该做什么呢?"皮埃尔问。他总是一刻也歇不下来。

"你们可以找些别的放进罐子里。"爸爸说。

"没有其他东西了。"皮埃尔回答。

"那就跟莫莉玩一会儿。"爸爸说。

可是对皮埃尔，或者是对家里的任何一个人来说，这从来不是真正的选择。莫莉并不爱玩。它是一只不安、脆弱、胆小的狗。它来这个家的第一个夏天，全家人都觉得这些会过去的，它需要时间来习惯。可是现在他们明白了，它可能就是这样的。它好像害怕这个世界，不想自由自在，喜欢被人抱着。它看见爸爸就转身离开，离他远远的，尽管他努力表现出温柔的样子。尼尔斯和皮埃尔都没有对它表现出太大的兴趣，也许兄弟俩心里有些嫉妒，认为妈妈有时候对狗好像比对他们还要温柔。妈妈对莫莉的爱很强烈，却是间歇性的，这使它更为不安。妈妈经常想独自占有莫莉，拒绝跟别人分享它。可另一些时候，她却对它很冷漠。有时候本雅明会发现莫莉仿佛被抛弃了一样，被大家遗忘了，这是皮埃尔和尼尔斯的不感兴趣、爸爸的放弃以及妈妈突然的冷漠共同造成的结果。

本雅明觉得自己跟它很相似，他们互相靠近。那个夏天，在爸爸妈妈午睡的漫长时间里，他们慢慢建立了感情。本雅明偷偷地把它当成自己的狗。他们去湖边扔石子。他们在森林里散步。他们彼此做伴。

"跟莫莉去玩一会儿。"爸爸说。

"可是它不想跟我们玩儿。"皮埃尔说。

"它愿意的，"爸爸说，"我们得给它时间适应。"

皮埃尔费力地走去了谷仓，那里放着他的漫画书。本雅明走到狗面前，把它抱了起来。他进入厨房，在窗边的桌旁坐下，把莫莉放在腿上。当他透过那扇旧玻璃窗往外看，外面的现实世界变了。他缓缓地前后探头，那些绿植也随着他的动作晃动。爸爸沿着小路朝旧谷仓走去。在岸边，他看见了尼尔斯，他喜欢一个人安安静静地坐在那里看书。而在本雅明的正上方，妈妈正在睡觉。他知道她醒来时的每一个步骤，知道该听些什么：先是光着的脚轻轻踩到地板上的声音，然后是她升起卷轴窗帘、窗帘打在架子上发出的鞭子抽打般的声音。一扇窗户被打开了，金色的雨落到了厨房窗外——那是她在倒尿壶，夜里她不想下楼解小便，就会用尿壶。卧室门打开，发出轻轻的嘎吱声，楼梯上突然响起快速的脚步声，然后她就到了厨房。他思考着可能发生的危险，以及被人抓到的后果，但有那么多信号，有足够多的时间，让他可以逃跑。他站了起来，悄悄地走进客厅，妈妈的手提包挂在客厅的钩子上。他找出钱包，往里窥视成年人的世界：那些小夹层里放着各种各样的银行卡，那些小票、停车单展示着一种有钱的生活，是她离家上班经历的重要事情的线索。一百克朗、五十克朗和十克朗的纸币混着放在钱包夹层里。那里有很多很多钱。他小心翼翼地抽出一张十克朗的纸币,用大拇指和食指夹着,然后伸手去够手提包,把钱包放回去。

"你在做什么?"

妈妈站在楼梯中央看着他。她的睡衣敞开,头发散下来,脸上带着枕头的印痕。他简直不敢相信,这不可能。她怎么会突然出现在那里,没有一点预兆?仿佛昨天晚上她没去睡觉,而是在楼梯上过了一夜,坐在黑暗中静静地等待天明,等待此刻。

"回答我,本雅明,你在做什么?"

"我想从你这里借一张十克朗的纸币,把它放到时间胶囊里。可是你在睡觉……"

他不说话了。妈妈走下楼梯,从本雅明怀里抱起莫莉,把它轻轻地放到地板上,让它跑掉了。然后她转向本雅明,一言不发地看了他一会儿,一丝转瞬即逝的微笑让她露了一下牙齿。

"你不能偷东西!"她大喊道。

"对不起,妈妈,"他说,"对不起。"

"把钱给我。"

他把那张纸币交给了妈妈。

"我们来这里坐一会儿。"

她在门厅的长椅上坐了下来,本雅明坐到她的身边。

两个人影突然出现在窗外——是他那两个兄弟,他们听到了妈妈的喊声,跑过来看看发生了什么事。他们鼻子贴在窗户上,本雅明撞到了他们的目光。他朝门外看去,希望爸爸能回来,他知道妈妈生气的时候,他和妈妈独处会很危险。

"我十岁还是九岁的时候……"妈妈说。

她抬起头,目光在天花板上搜寻,然后突然笑了一下,仿佛在这个即将要讲的故事里想起了某个有趣的细节。

"我九岁时,从我爸爸的大衣口袋里偷了一克朗,然后骑上自行车,飞快地骑去商店,我想好了要买一根棒棒糖。可是差不多骑到半路的时候,我停了下来——我后悔了,心想:我做了什么呀。我在那里站了很久,非常痛苦,然后飞快地骑车回家。到家后我悄悄地溜进客厅,把那枚硬币放回了爸爸的大衣口袋。"

本雅明在随之而来的沉默中抬起头看妈妈。故事讲完了,讲得很清楚,可他却没听懂。这没有什么教育意义,只让人觉得茫然、困惑。她是什么意思?是想让他把那张纸币塞回她的钱包里吗?

"这件事……"她在他面前举起那张纸币,"偷钱,这是不可以的。"

"对不起。"

"你为什么这么做?"

"因为我知道你不会给我钱。"

她盯着他看。

"去,去地窖里坐着,想一会儿。"她说。

"地窖?"

这是一种新的惩罚。以前桑拿房不用的时候,她总是让他去那里待着。他得一个人坐在那里,坐在最上层的木板上反省自己的错误,没有人会去看他。妈妈的教育方式很严厉、很讲规则,但同时又很没有规则。妈妈强硬,但又模棱两可。他永远不知道他该在桑拿房里坐到什么时候,不知道什么时候才能被允许出来,这个得他自己去想。这使得他会产生一种良心不安的感觉,心想自己是不是出来得太早了。可地窖却是另一回事,他讨厌待在那个潮湿、阴冷又黑暗的地方。每回爸爸请他去那里帮他拿啤酒,他都会确保内外两道门全敞开,然后做好准备,快速冲进黑暗的地窖,再赶紧跑出来。

"可以让门开着吗?"他问。

"可以。"妈妈回答。

他立刻起身走了出去,经过屋外的皮埃尔和尼尔斯时,他们移开了目光。他走到地窖朽烂的门前,握住门把手,抬头看那些大树形成的树墙。他回头看见妈妈正坐在露台的一把椅子上监督他。她拿出一支香烟，身体弯到桌子下，挡住风点着了烟。他走进黑暗。一阵寒意向他袭来，空气中有泥土的味道。当眼睛适应黑暗后，他能看清屋子的轮廓了。一面墙边放着六个啤酒罐子和一盒酸奶，还有一些前几个夏天留下的垃圾，一个塑料袋，一个纸板箱——那是很久以前他们给妈妈买的生日蛋糕的盒子。地窖中央放着一个空的啤酒筐，他把它倒过来，坐在上面。他看见自己踩在碎石地面上的光脚，看见大腿上起了鸡皮疙瘩。他后悔没穿一件外套，因为很快他就开始觉得冷了。透过小小的门，他可以看到外面的夏天。他看到了一丛覆盆子、足球场的一角，还有挂着渔网的桑拿房的后墙。他看见狗从高高的草丛里跑来，找到了地窖的门，站在门口往里面看。

"莫莉，来。"本雅明小声说。

它往黑黑的屋里走了一步，努力用眼睛寻找本雅明。

"莫莉，"妈妈在露台上喊，"到这里来。"

莫莉朝妈妈的方向转过头去，然后又回过头来看本雅明。

"在哪儿呢？"妈妈喊道，"过来啊，我们来吃点东西。"

狗一溜烟跑掉了。

本雅明看见一阵大风突然吹过院子，穿过湖边的树冠，吹到了房子这边。当这阵风吹到地窖的时候，门砰的一下被关上了，眼前变得一片漆黑。本雅明尖叫了一声，用双手在身前摸索，摇摇晃晃地往前，直到指尖触到了一面墙。他心想，只要沿着这面墙走，很快就可以找到门。他扶着粗糙的墙面往前走，却仿佛在黑暗中越陷越深。他感觉自己很快就找不到回去的路了。终于他摸到了木头的轮廓，狠狠地朝前方踢了一脚，门被踹开了。他本来是决定不哭的，可这会儿控制不住自己了。他想出去，哪怕他知道妈妈还会让他回来。然后他感觉自己的脚离开了地面，脱离现实升了起来。这种现象在他身上越来越频繁地出现，他无法预测什么时候会发生。上音乐课打鼓的时候，老师正演示如何把钹片的声音敲得越来越轻，那种渐渐变弱的声音会缓缓消失，从他的身体里消失。他感到了一种威胁，感到这种沉默可能意味着他的结局。他在课上疯狂地尖叫起来，然后在另一个地方醒来，看见父母的脸出现在他眼前。

他朝门外看去，想靠在他熟悉的东西上。也许是他的情绪状态，也许是泪水，或者是地窖里绝对的黑暗和外面绝对的光亮，它们使得所有的颜色都变了，变得更加清晰、漂亮。他仿佛坐在昏暗的电影院里，看一部投射在地窖门上的老电影。灰色的电线杆在他面前变成了白色。湖水的颜色变深了，成了乌鸦蓝色。草坪仿佛燃烧起来，发出亮光。爸爸从谷仓回来了，他的周围有一圈微光，就像一个童话人物，一个路过的自带光芒的身影。爸爸看到了敞开的地窖门。

"该死的，我怎么说的来着？"他朝地窖门走来，说，"那扇门得始终关着。"

"别，别把它关上。"妈妈坐在椅子上平静地说。

"为什么？"爸爸问。

"本雅明在里面。"

"你说什么？"

妈妈没有回答。本雅明看见爸爸吃惊地朝地窖里面看过来，然后又看了看妈妈。

"他在那里干什么？"

"他偷了我的钱。"

"他偷了你的钱？"

"是的，所以现在他得在那里坐一会儿。"

爸爸朝地窖走了一步，这会儿他就站在门口，眯着眼，试着往里面看。爸爸站在离他只有三米远的地方，却没有看到他。而本雅明坐在啤酒筐上，把爸爸身上所有的颜色和轮廓看得清清楚楚。他看到他——一个被奇妙的金色光芒围绕的巨大人影，照亮了整个门口。爸爸摘掉他的船长帽，挠了挠头，站在门外思索了一会儿。他看看妈妈，又看看黑暗的地窖，然后走开了。

本雅明不知道自己在那里坐了多久。一个小时？两个小时？他看见太阳在外面移动，形成了新的阴影，看见云来了又散去。在寂静与黑暗中，他有着超人般的听力，看到、听到了一切。他听到风在拍打窗户，听到有人冲厕所的水泵声，听到燕子在啄木头。当妈妈终于来到地窖门口，说他可以出去了的时候，那声音让他的耳朵感到一阵疼痛。

本雅明去了谷仓，在那里，皮埃尔正坐在地上看他的漫画书。皮埃尔抬起头看他。

"嗨，"他说，"你出来了？我们去把时间胶囊装好？"

本雅明点了点头。

兄弟俩经过露台，妈妈已经拿着她的报纸重新坐在了那里。

"这个你们可以拿着。"妈妈头也没抬，指了指桌上一个脏水杯里插着的一束毛茛花。

本雅明带上花和面包罐子，他们走到湖边，在桑拿房旁边跪了下来，为时间胶囊挖洞。爸爸刚刚在桑拿房边上种了一棵树，所以土是新翻过的，很容易挖。皮埃尔帮了一会儿，不过这花了很长时间，他感到不耐烦了，便站起来往不远处的船坞扔石子。本雅明想挖得深一些,这样时间胶囊就不会太早被人误打误撞地找到。他擦了擦额头上的汗,看见爸爸正沿着小路朝他走来。本雅明假装没有看见他,继续在那里挖。他感到了爸爸的存在,他站在那里看着自己的儿子。

"你还好吧,儿子?"

他没有回答,只是用他的小花铲继续挖着,把那个洞挖得更深一些。

"你在挖洞吗?"爸爸问。

"是的。"

"我有一件东西,你可以把它塞进时间胶囊里。"

本雅明抬起头,爸爸递过来一张十克朗的纸币。

"可这是妈妈的钱。"

"我们不必跟她说什么。"

爸爸蹲了下来。本雅明打开面包罐子,把钱装了进去,然后他们把洞重新填好。

## 第九章
### 16:00

他们并排穿过森林,沉重的脚步落在儿时曾经奔跑的林间空地上。他们在下山前的最后一段路上放慢了脚步,扶着树干,避免速度失控,然后跌跌撞撞地走到了连接木屋和谷仓的小路上,沐浴在骄阳之中。他们在小屋外的小桌子旁坐下。皮埃尔走去车里翻找了一会儿,然后拎着几罐啤酒回来。

"车里有肉碎的臭味,"他说,"是哪个该死的把肉碎带来了?"

"那是妈妈冰箱里的馅饼化冻了,"尼尔斯说,"你想来点吗?"

皮埃尔笑了笑,没有回答,压下了心中的讥讽情绪。

啤酒温热，嘶嘶地往外冒着泡。兄弟三人默默地喝着，看着湖面。本雅明的手机响了，一个陌生的号码，他按了静音键，让它继续无声地响。对方又打了过来，本雅明再次按掉了声音。

"你不接吗？"尼尔斯问。

"该死的，不接。"本雅明嘀咕道。

来了一条短信。本雅明先是默读，然后念出来给他的兄弟们听：

"你好，我是病理学医生约翰·达尔伯格，是我切开了你们母亲的尸体，如果你们想知道她的死因，可以给我回电话。"

"不，谢谢，"皮埃尔说，"不想知道。"

"闭嘴吧，"尼尔斯说，"我们当然应该打电话过去。"

本雅明两手一摊，表示交给他的兄弟们来做决定。

"现在打过去。"尼尔斯说。

本雅明拨通了那个号码，把手机放到三人中间的桌子上。他报了自己的名字，随即听到一个熟悉的回音——有人在电话那头关掉了免提功能，拿起听筒，然后一个声音说"哦，太好了"——对取得联系表示满意。

"嗯，"那位病理学医生说，"因为你妈妈的死亡情况有点，嗯，该怎么说呢……"

本雅明听到后面响起一阵轻轻的杂音，好像是那个男人一边打电话一边把什么东西从洗碗机里取出来。

"有些事情不是很清楚，可以这么说。"

"嗯，我们明白。"本雅明说。

"是的，就是这样。"医生心不在焉地说，然后沉默了，本雅明听见他翻纸的声音。"稍等。"他说。

切开。他怎么可以这样说一个人？本雅明脑海里立刻浮现出妈妈的画面，她的身体被切开了。她躺在医院地下三层的一张无菌床上，冷冰冰、孤零零。妈妈的肚子就像一朵玫瑰花，在那黏糊糊的内脏中，隐藏着这件事的谜底，一个病理学医生弯腰靠向她的身体，在纸上记录着，上面的信息将会拿给相关方看，也就是她的儿子们。他们想知道发生了什么，为什么一切发生得如此迅速，一个人怎么可能前一天还在计划去地中海旅行，第二天就在可怕的痛苦中死去。

"是的，让我们感到困惑的是，事情发生得太快了。所以死亡后我们很快做出决定，要看看发生了什么情况。"

"你们发现了什么？"

"你妈妈之前已经得了甲状腺肿瘤，这个你知道吧？"

"知道。"本雅明说。

"她还有腹腔炎。我们在胃壁上发现了一个穿孔，是的,也就是说胃酸流了出来,使得腹腔内越来越多的部分发生炎症,很不幸,这是一种非常痛苦的情况。"

三兄弟围坐在桌旁,互相看了看对方。他们当时就在那里,知道那是怎样一种疼痛,他们看见了她生命最后几小时里这种痛苦在她脸上的显现。一开始她眉头紧皱,嘴唇紧闭,后来变得越来越糟。她呻吟着抓住工作人员,直接骂脏话,只要按下按钮,护士就会来到门口。她说她肚子痛,护士问她想不想要抗酸药。

"抗酸药?"妈妈说,"你觉得我是胃炎吗?"她张着嘴,看着护士,眼里闪着轻蔑的光。"我的胃像烧起来一样疼!你不明白吗?就跟里面有火在烧一样!"尽管她那时瘦小无助,但本雅明听到她升高的假声,还是感到很恐惧。那是童年熟悉的尖叫,是她爆发时的声音。

她尖叫了好几个小时。

然后她安静了下来。

她仍然是清醒的,她的眼睛盯着床对面的墙,此刻她一言不发。儿子们试着来到她跟前,在她面前做手势,喊她的名字。可是她不想再说话了,仿佛是在拒绝,在向她的疼痛表达抗议。

后来她的脸发生了变化。她的嘴一定很干,上嘴唇粘在了牙龈上。她龇牙咧嘴,门牙咬在一起,形成一个狰狞的讥笑，这副样子每天都会在本雅明脑海里浮现好几回。这种安静非常不像她。她一直生活在愤怒中，可是在生命的最后两个小时里她却安静下来。她安安静静地躺在房间一角的床上，牙齿在午后昏暗的光线下闪闪发亮。三兄弟中有人问医生她是不是醒着，她能不能听见他们的声音。她的眼睛是睁着的吧？不，医生也没法回答这些问题。

最后妈妈闭上了眼睛。越来越多的人走进房间——她的状况越来越差——后来当大家确认无能为力时，房间里的人少了。他们增加了吗啡的剂量，这样在最后时刻她就不会那么痛了，也许会结束得轻松一些。但没人知道这一点，因为直到她被推去殡仪馆，那龇牙咧嘴的表情还一直留在她的脸上。而此刻，病理学医生告诉他们妈妈肯定遭受了很大的痛苦，她在病床上无声的告别再一次浮现在本雅明面前。本雅明感谢医生跟他电话交流，挂断电话，兄弟三人默默地坐在那里，看着各自的啤酒罐，这时那个画面又在他脑海里出现了。那无声的笑脸让他不得安宁。

"你觉得桑拿房够热了吗？"皮埃尔问本雅明。

"我一个小时前打开的，"本雅明回答，看了看表，"应该热了。"

尼尔斯把自己的手机递给皮埃尔。

"我拍了几张不错的照片,"尼尔斯说,"往右划可以看更多。"

尼尔斯的手机里有一张妈妈躺在停尸床上的照片。皮埃尔倒吸了一口气,把手机还给尼尔斯。

"我们为什么非要看那个?"皮埃尔问。

"我觉得拍得很好,"他回答,"可以看出她走得很安宁。"

"安宁?"皮埃尔说,"她很痛苦。"

"不,这会儿她已经死了,"他说,"人死了就感觉不到痛苦了。"

"你为什么要拍这些照片?"皮埃尔问,"这很变态,拍一个去世的人的照片给别人看。爸爸去世的时候你也是这样的。我不想看爸妈死了的照片。"

"死亡并不是什么丑事,现在你该明白这一点了。"

"可是请尊重我,我就是不想看!我不想看,一点也不,"皮埃尔说,"一个正在哀悼的儿子不想看父母临终一刻的照片。"

"哀悼……"尼尔斯嘀咕道,喝了一大口啤酒。

"什么?"皮埃尔说,"你什么意思?"

"你看起来可真像是在哀悼。"

"闭嘴,我们每个人哀悼的方式不一样!"

桌旁一阵沉默。

"你就不能接受吗?"皮埃尔问,"我不想看妈妈死了的照片。把那些狗屎玩意儿收起来。"

尼尔斯没有回答。他拿起手机看起来,虽面带微笑却很紧张,漫无目的地翻看各种应用程序,慢慢地,他身上流露出一种受伤的感觉。皮埃尔完全没有注意到这一点,可是本雅明看得很清楚,因为受到斥责和羞辱心里极度不悦,最终感到怨恨,而此刻他正在心里默默地压制它。尼尔斯从桌旁站了起来,走进屋去。

"皮埃尔,"本雅明小声说,"没必要这样吧。"

"可他是不是脑子有病?他在医院拍的时候我就想说了。现在他逼我看那些照片,我就疯了。"

"我们得努力实现妈妈最后的心愿。我们不能争吵。"

皮埃尔没有回答。他把身子凑到桌前看尼尔斯摆出来的那个装薯条的小碗,薯条已经一根不剩了。他低头看了一会儿桌面,然后起身进了屋。本雅明透过厨房开着的窗户看到了他的后背,听到了他沉稳的声音。

"我很抱歉,我没有必要对那些照片态度那么强硬。"

尼尔斯坐在餐桌旁,抬起头来看他。

"没关系,"他回答,"我给你看的时机不对。"

皮埃尔朝他的哥哥伸出双臂,尼尔斯站了起来,他们拍拍彼此的后背,声音听起来就像鼓掌一样。本雅明感到脸上的皮肤紧了一下,他知道自己笑了。拥抱很短促,但是没关系,因为它确实发生了。有那么一分钟,本雅明坐在露台上,感到十分满足,就好像经历了一夜的狂风,渔网被缠住了,你要把它解开,看起来没希望了,可能得把整个渔网扔掉,可这时你偶然把网翻了个方向,几乎都没用什么蛮力,它就哗啦一下松开,从手里滑脱出去,整整齐齐地挂在了墙壁的钩子上。

皮埃尔和尼尔斯来到了石阶上。皮埃尔拎着三罐啤酒。

"该去蒸桑拿了!"

他们沿着小路走向湖边,来到桑拿房的小平台上,缓缓地在彼此面前脱掉衣服,不太情愿地光着身子。本雅明看见兄弟们小腿上相同的烧伤疤痕。那一次他俩用橡皮互相擦对方的皮肤,直到两人发出尖叫,闻到毛发和皮肉烧焦的气味。爸爸抓住他们,扔掉了他们手里的橡皮。本雅明看见皮埃尔脚上的脚气,脚趾缝里红了一片。桑拿房里,他看到了尼尔斯光着的后背,那一团痣还在那里,仿佛一大片棕色的斑点落在他的肩胛骨之间。

# 第十章
## 幽灵之手

皮埃尔和本雅明手指通红,在那里号叫着,用苍蝇拍互相拍打对方的手背。不过他们很快就被喝止了,爸爸妈妈把他们赶出了厨房。那里需要安静,因为餐桌前正有大事发生。本雅明和皮埃尔坐到楼梯上,从那里可以很清楚地看到餐桌上的文件、凭证和表格。爸爸拿起一张纸,神情严肃地看了看,又把它放回原处。尼尔斯坐在餐桌一头,在一份文件上签了自己的名字。妈妈把签好的文件迅速放到一旁,又给他递了一份新的。爸爸妈妈弄了很久,跟尼尔斯坐在一起制定战略,语气严肃地嘀咕着什么,摆弄着各种文件。今天是申请高中的最后一天,他们现在就要弄好。只有把所有文件寄出,他们的长子才能踏入学术世界。尼尔斯在学校多年的努力，让他在爸爸妈妈心中有特别的地位。他是全家人的希望，是那个会有出息的人，一直都是这样。他一年级时成绩非常突出，因此跳过二年级直升到了三年级。每次他放学回家，书包里都有可以展示的东西，算是某种形式的胜利品——他的写作作业会被父母迫不及待地拿去念给对方听，或是被研究和讨论。如果尼尔斯带回了大考成绩，妈妈就会先召集全家人坐好，然后才打开那个棕色信封。她拿出老花镜，全神贯注地看着成绩，尼尔斯站在一旁，焦急地等待，一只手叉腰，另一只手搭在大腿上。终于，当妈妈了解到尼尔斯获得了多大的成功，她摇摇头，笑着抬起头来，透过眼镜看着他说："你太厉害了。"每次她都会做同样的事情，冲着本雅明和皮埃尔举起试卷："你们好好学学！"

外面下着雨。没有开灯，只有餐桌上那盏灯投下黄光，照亮了尼尔斯的前程。本雅明和皮埃尔坐在楼梯昏暗的光线里，默默地关注着事情的进展，倾听着那些关键的对话。

"你确定要选德语？"妈妈低头看着一份文件说。

"对，我想是的。"尼尔斯回答。

"好吧，"妈妈说，"只是可惜了法语。我以为你一直很喜欢法语，法语多精致漂亮。"

"我打算看看在课程计划外再加一门语言,这样我既可以学法语也可以学德语。我想先适应学校和学业再说。"

骄傲的父母交换了一下眼神。本雅明看了一眼皮埃尔,发现他正朝尼尔斯的方向小心翼翼地伸出中指。本雅明窃笑起来,做了同样的手势。

"去你妈的。"皮埃尔小声说。

"去你妈的。"本雅明小声说。

"去你妈的一辈子。"皮埃尔说。

本雅明在皮埃尔的腰上戳了一下。

"哦不。"本雅明低头看着自己的中指说。

"什么?"皮埃尔问。

"你看见没有?幽灵之手。"

皮埃尔看见本雅明的手变了,手指突然张开,就像一棵枯树上弯曲的树枝。这只手朝他伸来。皮埃尔赶紧躲开,跑下楼梯。本雅明跟在后面,他追着弟弟跑过厨房,抓住了他,把他按在地板上。

"幽灵之手!"他大喊道,"不是我,是别的人在控制我的手!"

本雅明把皮埃尔翻过来,用自己的膝盖把他的胳膊抵在地板上,然后挠他的肚皮、胸口和腋窝。

"住手!"皮埃尔尖叫着,试图挣脱他。

"我怎么停得下来?不是我!"

本雅明挠得越来越重,皮埃尔透不过气来,他的脸扭曲地笑着。尽管本雅明听到了来自餐桌旁的抗议,听到了尼尔斯的咆哮和爸爸恐怖的声音,但他还是继续挠着,因为皮埃尔的笑声中有着阳光和氧气。皮埃尔无声地笑着,脸一会儿转向右边,一会儿转向左边,一会儿又转回去,随后他哭了起来。本雅明松开了他。

"怎么了?"他问,"把你弄疼了吗?"

皮埃尔没有回答。他把头转向一边,用手捂住了脸。本雅明站起来,看见木地板上有一摊亮晶晶的尿,又看见皮埃尔的牛仔裤拉链处有一片深色的水渍。莫莉最早赶到这摊尿前,它迅速地研究了一番,然后走开了。

"妈妈……"本雅明朝那摊尿努努嘴说。

"天哪。"她一边说,一边站了起来。

她拿了一块抹布扔进尿里,然后拿去水槽那里拧。她拧抹布的时候,尿从她的手指缝里流了出来,但她并不在意。她对体液没什么感觉,一直是这样。虽然爸爸忘记把马桶圈翻起来,把小便滴到马桶垫上时她会生气,朝他大喊大叫,但接下来她也懒得擦干,会直接坐上去,任凭坐垫上的小便被大腿后部吸收。妈妈拿着抹布又跑了一个来回。本雅明走到了躺在地上哭泣的皮埃尔面前。

"没关系的,"本雅明把手放到他背上说,"我经常这样。"

"不,你不会的。"皮埃尔边哭边说。

"会的,肯定会的,"他说,"等一下!"

本雅明装作在感受的样子,眼睛看向天花板。皮埃尔从指缝间抬头看。

"我也尿裤子了。"本雅明说。

皮埃尔哭着笑了出来。妈妈在水槽里拧了最后一次抹布。"去换衣服。"她对皮埃尔说。妈妈拿上她的报纸和烟盒,走进了客厅。爸爸结束了餐桌旁的仪式,将那叠厚厚的文件塞进一个信封。他从嘴里吐出他那松弛的、野兽一般的舌头,把一排邮票放在上面蹭了蹭,然后贴到信封上,贴了好多好多邮票。他把信交给了尼尔斯。

"这是一个大日子,"爸爸说,嗓子破了音,"我的大儿子。"他抱住了儿子。尼尔斯笨手笨脚地努力迎合拥抱。他的太阳穴贴着爸爸的太阳穴,僵硬的手臂就像两条肉管子绕在爸爸的腰上。

"你得走了。"爸爸说。尼尔斯跑上楼去换衣服。

本雅明在屋外的石阶上坐下来,抬头看山坡和尼尔斯即将沿着它离去的那条小路。拖拉机犁出的这条小道是从外面进来唯一的路,也是从这里出去唯一的路。仿佛是这条碎石羊肠小道将小屋与真实的世界连接在了一起。如果它杂草丛生了，那么这个地方就会混乱、失控。本雅明有时会坐在屋外看这条小路，为了确保它还在那里。每年夏天爸爸会带着大镰刀出去两三次，将车辙之间的草割短，保持道路畅通。孩子们总是跟着一起去，他们站在他身后，如果靠得太近他会厉声尖叫，指着大镰刀的刀片说："它可以砍断一条腿，你们都来不及感到疼。"其他孩子看烦了，离开了，本雅明仍然一路跟着爸爸往前走，站在他后面监督。完工后他们会望一眼刚刚的劳动成果。"就应该是这个样子，"爸爸说，"就像一条长长的草做的阴道。"他笑了起来，胡乱地摸了摸本雅明的头发，沿着小路下山回家。

　　本雅明朝尼尔斯的摩托车看了一眼，它停在地窖外面。他的哥哥还没有到十五岁，但是得到了爸爸妈妈的信任，他们知道他会小心驾驶的。他们从不允许本雅明去试摩托车，不过当尼尔斯刚收到它的时候，他让本雅明也站在车旁，在发动机空转的情况下拧动油门。他感觉到了力量，意识到摩托车的动力有多大。那是一条出去的路，去往世界另一边的路。现在尼尔斯有了全新的逃离机会。那个总是避开的他，现在突然拥有了比以往更快的逃离方法，而且可以逃得更远。本雅明站在车旁，用右手拧着油门，而尼尔斯在仔细地检查自己的车。本雅明知道，这辆摩托车将会改变一切,最终会让他陷入永远的孤独。他不断地加大油门,让发动机咆哮,掩盖自己的绝望。

尼尔斯每天早晨都去城里,他在城里的一家超市找了一份暑期工作,晚上他会带着城里的味道回家。工作快结束时,尼尔斯会把散装糖果货架前的地扫干净。他没有扔掉顾客掉在地上的糖果,而是把它们收集到一个袋子里,留给本雅明和皮埃尔。他们把袋子里的糖果倒在餐桌上,挑去头发丝和灰尘团,擦去上面的脏东西和沙砾,扔掉看起来最糟糕的糖果——带着鞋印的香蕉糖,被踩得和五克朗硬币一样扁的果仁糖。然后他们带着战利品跑到岸边,安安静静地大快朵颐。这成了一个传统:尼尔斯把脏了的糖果带回家,本雅明和皮埃尔坐在湖边,一边望着湖水,一边把糖塞进嘴里。有时候他们会吃进一颗沙砾,牙齿间蹦出嘎吱嘎吱的声音,然后他们会噗的一声把它吐到石头上,咯咯地笑起来。

皮埃尔换好了衣服,跟本雅明一起坐到石阶上看尼尔斯什么时候上路。尼尔斯在做出发前的准备。他戴上一顶偏大的头盔,按了按坐凳,检查轮胎的气足不足。他把信封放进一个塑料袋,在尾架上扣好。爸爸检查了一下有没有扣紧,然后尼尔斯就要出发去外面的世界了。首先他要去找一个邮筒,把握住自己的未来,之后再去工作。本雅明看着他消失在山坡尽头，听着发动机的声音淹没在风中。他知道尼尔斯身体的感觉，因为现在他正在赶路，赶往碎石路的另一端。他曾经去过那里，那是在他获准跟爸爸妈妈一起去买东西的时候。碎石路就像通往另一个维度的虫洞，仿佛有一种吸引力，他们如失控般飞快前行，直到被另一头吐出去，完好无损地落在柏油路上，来到一个路两边都有房子、类似社区的地方。有时候——独处的时候——本雅明会想象碎石路的另一头，想象生活在那里开始。

爸爸在本雅明和皮埃尔身边坐下。

"好了，小伙子们，"他望着院子说，"这该死的鬼天气。"

莫莉悄悄地来到台阶上，爬到本雅明的怀里。爸爸一把抓住它，把它拉向自己的身体，缓缓地抚摸它的头。爸爸决定驯服它的恐惧，把自己的爱强加给它。每天他都会抓住它几次，向它展示自己的温柔。

"你也来抱抱。"他对皮埃尔说。皮埃尔用手抚摸莫莉的头，本雅明看见它的眼里流露出恐惧，它僵硬、害怕地趴在那里，处于戒备状态，准备一有机会就赶紧逃跑。

"今天这么烂的天气，我们去哪里呢？"爸爸说。

"我不知道。"本雅明回答。

"你们想去森林里探险吗？"

皮埃尔和本雅明没有回答。

"你们可以带上莫莉。"爸爸说。

"它从来不跟我们去任何地方。"皮埃尔说。

"它愿意的,本雅明可以照顾它。"

爸爸松开了按住莫莉的手,它立刻逃掉了。爸爸骂了一句,看着狗进了房子,听见它在那里呜咽。妈妈的声音透过客厅里香烟的烟雾,从昏暗的屋里传出,假模假样又很幼稚地喊:"来呀,来呀。"莫莉走进了烟雾中。

皮埃尔和本雅明穿上雨衣和雨靴,走了出去。他们沿着从房子伸出来的穿过杉树林的电线走,本雅明想,只要这条黑色的电线还在视野范围内,他就能知道回来的路。雨缓缓地下着,森林里的土变得厚重。他们在湿滑的石头间跳跃,走得比平时更远,走到那条被植物盖住的、通往水坝的小路后面,越过那些看起来像是掉落到这片巨大沼泽里的巨石。他们继续往深处走,那里的森林更密了。

"看那儿。"皮埃尔指着一个小山包说。

高高的树丛间耸立着一座变电站。一栋小房子被几排电线杆包围着,那些电线杆就像黑色的长矛,带着白色的尖,仿佛瞄准天空的烟花火箭。它们外面还有两座更大的建筑,是两座电塔,仿佛两张钢铁结成的蜘蛛网立在房子两侧,把黑色的电线传送到森林里三个不同的方向。

"那是什么?"皮埃尔问。

"所有的电都是从那里出来的,"本雅明回答,朝房子走了几步,"我们去那里看看。"

一道高高的防护栅栏包围着房子和空地,栅栏上有一块挂着红色闪电标志的黄色牌子。本雅明抬起头,看着那些电线,黑色的线条把低沉的灰色天空分成了完美的网格。他朝房子里面看,外墙的墙皮已经脱落了,一小堆一小堆地落在地上。房子的背面有两扇小窗,看起来像一处住宅。他们绕到正面,看见房门是打开的。

"被风吹开的吗?"皮埃尔问。

"看起来不像,"本雅明说,"门是被人破开的。"

"为什么会有人闯进去?"

"我不知道。"

本雅明和皮埃尔站在栅栏边,肩并着肩,手指伸到栅栏里面,努力地透过开着的门往里面看。可什么都看不到,只听到里面传出的电流声,闷闷的、嗡嗡的,跟本雅明以前听过的不一样,有点神秘,仿佛他只能辨认出声音的一部分,仿佛这里存在着他无法听到的频率。他心想也许是这样:电流的声音其实响得多,就像一种不安、持续的尖叫,对森林里的动物来说这声音是无法忍受的,而他用人的耳朵只能听到一种低沉的嗡嗡声,仿佛电流想要提醒人们它的存在,并且发出警告:别靠近。

他们继续往森林里走,采了蓝莓,把它们碾碎抹到了自己脸上,假装受重伤出了血。他们朝枯树干扔石子,每次击中的时候,都会有空洞奇怪的声音在森林里回响。他们用一根树枝去戳一座蚁丘,看整个蚁丘的蚂蚁全部跑出来。他们蹚过一片沼泽,水深几乎没过他们的靴子,水挤压橡胶靴贴住了小腿。他们发现了动物的粪便,先学爸爸的样子,用一根小棍戳它,然后再严肃地抬起头,看看动物都去了什么地方。他们在森林深处越走越远,当本雅明再次抬头确定方位的时候,他发现那些电线不见了,哪儿都找不到它们。他转过来,转过去。所有方向都是相同的景象——同样起伏的森林,同样吸饱了水的松树,同样下着雨的天空。恐惧迅速袭来。

"快点!"他对皮埃尔喊,"我们得回去了。"

他跑了起来,皮埃尔紧跟在后面。他听到了自己的呼吸声,听到了脚下嘎吱作响的树枝。他一边跑一边根据地形寻找线索。他停下来,转过身,慢慢确定了:他跑错了方向。他又转身,用同样的速度跑向另一个方向,皮埃尔跟在后面。他的脚陷进了一片沼泽,靴子里灌满了水,腿变得很沉重,每一步都像踩在海绵里一样。但他继续跑着,用眼睛搜寻能带他们回家的电线。他气喘吁吁地停了下来,双手撑在膝盖上。皮埃尔追上了他,他们肩并肩站在那里,大口大口地喘气。皮埃尔抬起头来,本雅明看见他的脸红了,红色的斑块出现在他脖子上。

"你知道我们在哪儿吗?"皮埃尔问。

"知道啊。"本雅明说。

"那我们怎么回家?"

本雅明想起了爸爸跟他在森林里散步的时候曾说过,如果迷路了,就朝着太阳的方向走。"最后你总能走到湖边。"他抬起头,试着在灰暗天空中寻找一个发光的点。可一切都像牛奶般浑浊,看不清轮廓。

他们慢慢地走着,本雅明感觉森林变大变高了,或者说是他们自己变小了,好像慢慢地沉入了森林之中,如果沼泽再升高五厘米,他们就将被淹没。他们在一块大石头上坐了下来。天变得忽明忽暗——快到黄昏了,云层散去,杉树的树梢抓住了白天最后一抹日光。皮埃尔哭了起来,本雅明因此很生气。

"你哭什么?"

"我们再也回不去了。"

"闭嘴!"他生气地说,"闭嘴就行了。"

本雅明心想,爸爸妈妈总会想起孩子们,会来森林里找他们。可是时间过去了,天黑了下来。他们在那里坐了很久,感觉有两个小时,也许是三个小时,这时本雅明突然听见森林远处传来一阵刺耳的轰鸣声,本雅明立刻认出了那种声音,那个与绝望、孤独联系在一起的声音,此刻却为他燃起了希望。那是尼尔斯的摩托车。他知道哥哥下班回家了,他正沿着木屋外面的那条碎石路疾驰。

"快跑!"本雅明对皮埃尔大喊。

他们朝发动机的声音跑去,听见尼尔斯用力拧动油门,听见他上坡换挡时发动机发出的尖鸣。他们跑过一个又一个山包,穿过灌木丛和树林,突然间本雅明周围的一切都归位了。他看见了那条积满了水的挖掘机车辙,几个小时前他们还在上面走"平衡木"。他看见了木材堆和倾斜的杉树,然后是那些老化的电线杆,上面有黑色的电线从森林中穿过。他们沿着拖拉机犁出的小道往下冲,看见木屋出现在树干间。尼尔斯的摩托车停在露台旁,车身还热着。在湖边,本雅明看见爸爸和妈妈坐在桑拿房的外面。桌上点着蜡烛放着酒瓶。客厅里,尼尔斯拿出从店里带回来的一个袋子。他买了一瓶可乐,因为是冰的,上面还带着水珠。他还买了奶酪脆,他把它们倒进一个碗里。他看到了本雅明,扔了一袋东西给他。

"弄坏的糖果。"本雅明大声对皮埃尔说。

皮埃尔进了客厅。

"我们不该去跟爸爸妈妈说刚刚发生的事情吗?"皮埃尔问。

"不用啊,为什么要说?"

"我们迷路了,找了很久。"

"可现在我们回来了,"本雅明回答,"你想吃糖吗?"

尼尔斯朝窗边走了几步,向湖边望去,确认爸爸妈妈还坐在那里。然后他走到电视机前,毫不犹豫地把插头插进插座里,打开了电视。本雅明默默地看着尼尔斯把一张扶手椅拖到电视机前,这样他就能听见调低的声音了,然后他坐下来,把奶酪脆放在腿上。尼尔斯用一种本雅明完全无法理解的方式自然而然做了那些最不可思议的事。皮埃尔和本雅明在尼尔斯身后的地毯上坐了下来,把糖果倒在他俩中间。

"那个信封怎么样了?"本雅明问,"你寄了吗?"

"嗯。"尼尔斯回答。

"太好了。"本雅明说。

本雅明嚼着一颗红色的赛车糖,它先是粘在了牙齿上,然后又粘到了上颚上,他把它舔下来的时候,舌头都舔疼了。

"你把那个信封寄出去太重要了。"本雅明说。

尼尔斯看了看本雅明,然后又转头去看电视。

"这下全家都可以松口气了。"本雅明说。

"嗯,"尼尔斯回答,"因为你俩以后还不一定能有学上,两个蠢货。"

本雅明和皮埃尔看着尼尔斯的后脖颈,打量着他身体前倾靠向电视机时弯着身子的姿势。本雅明悄悄地站了起来。他知道他哥哥身上的弱点在哪里,并且知道那个最弱的点是什么。尼尔斯脑袋中央的头发很稀疏,有一块鼻烟盒大小的区域,可以看到他那苍白的头皮。妈妈经常会往上面抹防晒霜,这样他就不会被晒伤了,但经常抹得太多,搞得他常常头上顶着黏糊糊的东西走来走去。本雅明和皮埃尔有时候会取笑他头上的污渍,不过那只有在妈妈听不到的情况下。本雅明悄悄地走上前去,用手指在尼尔斯头顶那片稀疏的区域上搅了一圈,小心翼翼地抓住了他头顶稀疏的头发。尼尔斯吓了一跳,转过身来。

"住手,妈的!"他大叫道。

"小伙子,你在学校里表现不错嘛。"本雅明说。

本雅明咯咯地笑着,回去坐下。他们等了一小会儿,然后皮埃尔站了起来,悄悄地走上前去做了同样的事情。尼尔斯举起拳头在背后疯狂地挥打,但是都没有打到。他站了起来,手里拿着他那个装奶酪脆的碗,每天晚上他累了时会产生的那种斜视此刻出现在了他眼里。他的两个弟弟立刻就明白了,模仿着他的样子,做起了斗鸡眼的怪相。

"我发誓,我会打死你们。"尼尔斯说着,又坐了回去。

本雅明能够远在爸爸妈妈发现彼此快要争吵之前就预测到那种情况,可是他却完全看不到自己身上即将发生的事情。他又一次竖着手指悄悄走上前去,皮埃尔则捂着嘴巴努力不让自己笑出来。还没等本雅明的手指落到尼尔斯的头上,尼尔斯就迅速转过身来,对着他猛地一击,重重的拳头落在本雅明肩上。尼尔斯用力太猛,他腿上装奶酪脆的碗也被打翻了,奶酪脆撒了一地。

"该死的!"尼尔斯喊起来,看着地上这片狼藉。

本雅明知道,控制局面的机会已经没了。他往厨房走了几步,但尼尔斯很快追上了他,将他一把抓住。尼尔斯比本雅明个头大,比他强壮,他把本雅明按在地上,用左手按住本雅明的两只手,然后用拳头打他的太阳穴。只听见轰的一声,有那么几秒钟,本雅明感到一阵耳鸣,失去了意识。就在尼尔斯打出第二拳的时候,意识又恢复了。然后又是一拳,再一拳,紧握的拳头砸向了本雅明的头。他什么都看不见了,只能听见那沉闷的声音砸向他的脑袋,而背景音里是皮埃尔绝望的声音:"住手!别打了!"

拳头停了下来。本雅明感到尼尔斯松开了他。他躺在那里,看见尼尔斯朝窗外望去,然后跑上了楼梯。几秒钟后,大门被推开,爸爸妈妈进来了,带着酒瓶、盘子和杯子从湖边回来。本雅明试图站起来,因为他不想让他们看见他躺在那里,不想让他们知道发生了什么。

"尼尔斯打了本雅明的头。"皮埃尔大声说。

妈妈站在门口,看着本雅明。

"你们对尼尔斯做了什么?"她说。

"尼尔斯在看电视。"本雅明说。

"该死的,你在说什么?"妈妈说,"什么样的弟弟会说哥哥的闲话?"

本雅明小心翼翼地用手指摸摸自己的脸,确认有没有什么地方出血了。

"你们对他做什么了?你们对他说了什么不好的话?"妈妈问。她没有得到回答,于是她往屋里走了一步,喊叫着说:"回答我!告诉我你们对尼尔斯做了什么!"

她转身看向皮埃尔。

"怎么回事?"她问。

"我们在森林里玩,然后迷路了。"

"没有,我们没有迷路。"本雅明说。

"不,我们迷路了好几个小时,我还哭了。"

妈妈看着她的儿子们,嘴巴半张着,脸上满是惊讶和愤怒。"遭人嫌的孩子。"她说着,转身进了门厅。本雅明听见她那重重的脚步声上了楼梯。他仍然坐在地板上,听她推开了尼尔斯的房门,再关上,然后是尼尔斯说谎的呢喃声。本雅明小心翼翼地站了起来。皮埃尔坐到了客厅地板上的那堆糖果旁,找出了混进袋子里的一枚十欧尔硬币,又挑出一颗看起来没有损伤的覆盆子糖,把它塞进嘴里。本雅明扑到他身上,把他仰面摔倒在地。

"别,别玩幽灵之手。"皮埃尔尖叫着。本雅明用膝盖抵住他的两只手,挠他的胸口、肚子和腋窝。皮埃尔大笑着,试图挣脱,试图大喊让他住手。可是他涨红了脸,发不出声音。过了几秒钟,他脸上露出了不安的表情。"真的住手,本雅明,我要尿裤子了。"本雅明的膝盖更用力了,他更加用力地在他身上挠着。这时皮埃尔不笑了,他拼命地扭动身体想要挣脱,全身奋力挣扎着,可本雅明却重重地压在他身上。他挣脱出一只手来,去打本雅明的胸和脸,可无论他怎么打都无法让自己脱身。皮埃尔脸上露出了绝望的表情。当他的身下出现一大摊尿的时候,眼泪也涌了出来。

## 第十一章
14:00

他拐过最后一处弯道,那栋红色的木屋很快出现在森林的缝隙中。他看见长满杂草的空地,抬头望了那些杉树一眼,它们让木屋显得那么小。高高的草丛在车轮下沙沙作响。他一直开到地窖门口,将发动机熄掉。三兄弟又在车里坐了一会儿,往外面张望。

他们回来了。

他们打开门,从凉爽的车里钻出来,一下子走进了夏天。小屋的声音扑面而来:燕子来来去去带来熟悉的风声,还有慢性子的熊蜂和急躁的胡蜂发出嗡鸣。到处都是昆虫,每一朵花上都有一只。整个院子都能听到风声,风掠过树梢,让杉树沙沙作响,又吹过经历了长途旅行后噼啪作响的汽车。

"那我们走吧?"本雅明问。

"我们不该先进屋里看看吗?"皮埃尔说,"看看一切是不是都好?"

"不,"本雅明说,"我希望我们赶紧过去。"

尼尔斯和皮埃尔都没有回答,不过他们放下了自己的包,朝本雅明走了几步,然后三个人肩并肩沿着房子和谷仓间的小径出发,走进了森林。

这是本雅明的森林。

这么多年来,他一直把它存在心里。他认得这里的每一块石头、每一条难走的小路和每一棵折断的桦树。这段距离比他记忆中要短一些,那片曾经鬼气森森、无边无际的沼泽地,如今七步就可以跨过。那些神秘的巨石,现在看起来十分平常。不过那些杉树依然让他捉摸不透。当他抬头朝树梢望去会感到一阵眩晕,仿佛自己将失足从树梢间坠向天空。

"我们走得对吗?"皮埃尔问。

"对的,"本雅明回答,"继续往前就可以了,在那个山包的后面。"

本雅明走在三个人的最后面,哥哥和弟弟低头看路的时候,他望着两人的后颈。此刻他们的速度慢了下来,仿佛在靠近一头巨大的动物，他们迈着小心翼翼的步子穿过干燥的森林。他曾希望一切都将消失，希望那些栅栏会被拆除，房子被夷为平地，希望曾经是地基的地方，会长出小树林和灌木丛。可当然不会这样。变电站还在那里，在松树林中，栅栏和电线杆都在那里。这座变电站仿佛一直都在，并将永远存在。兄弟三人在稍远的地方停了下来。

"我们不需要再走了。"皮埃尔说。

"嗯。"本雅明说。

此刻本雅明走在最前面，哥哥和弟弟跟在后面。玻璃窗碎了，房子正面的砖石间杂草丛生。曾经在高高的电线杆间延伸、为全世界供电的那些黑色电线被拆除了。

"它已经不用了。"本雅明说。

"是啊，看起来已经不用了，"尼尔斯说，"这座变电站太老了，没法满足现代的需求。"

本雅明抬头朝建筑看去。"你们记得这声音吗？"他问。

哥哥和弟弟没有回答，只是抬头看向房子的正面。

"电流那凄厉的嗡嗡声，你们不记得了吗？"

"记得。"尼尔斯小声说。

本雅明看着他的兄弟，两人不情愿地朝高高的栅栏挪动。他往房子黑暗的门口望去，门大开着，被砸坏的门锁像一条残肢一样，仍然挂在门上。

"有人闯进过这栋房子，"本雅明说，"我不明白是为了什么，这里面应该没什么值钱的东西吧？"

"铜，"尼尔斯说，"用铜输电最好不过，铜也是值一些钱的。"

本雅明扫视了一下栅栏，研究它是怎样将房子围住的。栅栏的铁门在那边，那是进去的路，他看见自己孩提时代的身影，那个抛下兄弟、朝门口走来的小男孩。他把额头贴到栅栏上，听哥哥和弟弟沉重的呼吸。此刻他们肩并肩站在一起。

"怎么了？"本雅明说。

尼尔斯和皮埃尔低下头，看着自己伸进栅栏网格的手。他从两人的姿势看出他们不想待在这里，却又别无选择。

"我这一辈子都在责怪自己，"本雅明说，"但还有两个兄弟和我在一起。"

"我们那时是孩子。"皮埃尔说。

"是的，"本雅明说，"我们是兄弟，你们记得爸爸总说什么吗？他说我们应该为我们是兄弟而感到高兴，因为兄弟是世界上最牢固的纽带。"

本雅明没有转过身去看皮埃尔和尼尔斯，只是固执地盯着黑暗的门口。

他用余光看见皮埃尔在摸口袋，他拿出一根烟，用手挡着点着了火。

"我总是在想那一天。"尼尔斯说。

此刻太阳很低,松树的影子在房子周围绿色的蓝莓丛中投下黑色的斑影。

"那天下午回到家,"尼尔斯笑了起来,"我躺上了吊床听音乐,我想如果我表现得和平时一样,好像就什么都没有发生。我知道你死了,因为我看到了事情的经过。我就站在那里,什么都看到了。我以为我会害怕和恐惧,我可能确实也害怕和恐惧了,但你知道我最强烈的感觉是什么吗?"

本雅明没有回答,只是沉默地看着尼尔斯。

"是解脱。"尼尔斯说。

"天哪,"皮埃尔说,"别说了。"他看到一块石头,对着它踢了一脚。

"如果我们想说这件事,那就该说下去吧?"尼尔斯说着,重新转向本雅明,"我对我的所作所为感到难过。当时我很震惊,但这不是借口。对此我恨我自己。但你忘了当时的情景了吗?你忘了你和皮埃尔是怎样折磨我的?日记本我都留着呢。有时候我会拿出来读。我曾每天都希望你死。最后你确实死了。"

本雅明打量着尼尔斯。他有一点轻微的斗鸡眼。小时候他从池塘边摔下来,在太阳穴和眼睛之间留下了一道疤痕。本雅明打量着他那光滑的、孩子般的皮肤,打量着那双在太阳底下熠熠发光的美丽的深棕色眼睛。本雅明突然感到一种对哥哥的渴望,他想要尼尔斯在他身边,想要尼尔斯抱住他,这样他就不会摔向树梢,坠入天空。他把一只手放在哥哥的肩膀上,透过 T 恤衫感受他单薄的身体、他的脊背。这样的举动让人尴尬,很不习惯,但他仍然把手停在了那里。尼尔斯把一只手放在他的手上,笨拙地拍拍它。他们互相看着对方,点点头。尼尔斯露出了温和的微笑。

他们并肩穿过森林,沉重的脚步落在儿时曾经奔跑的林间空地上。他们在下山前的最后一段坡道上放慢了脚步,扶着树干,避免速度失控,然后跌进炙热的阳光中。

## 第十二章
### 光弧

那天是仲夏节前夜。

他记得那些在细腿桌子后面卖咖啡和面包的胖女人；他记得那个带着咣当作响的铁皮摇奖箱的老头，每次有小孩伸手过来，老头都假装把盖子盖上；他记得那些尖叫着跑开然后又跑回来的孩子；他记得，每抽一次奖五克朗，自己中了一等奖，是一块巧克力，他感觉到融化的巧克力在包装纸下面流动；他记得带着咖啡渍的野餐毯，一家人用并不舒服的姿势坐在上面，打开各自的保温瓶；他记得仲夏节柱子是女人们装饰的，但却是男人们立起来的；他记得柱子终于立起来时，他感到一种巨大的快乐，记得稀稀落落的掌声消失在风中。风比平时大，大喇叭在那里摇晃，手风琴的声音听起来遥远而阴森。他记得风掠过树梢，卷起草地上的落叶，这时莫莉变得很不安。他记得他们和其他游客坐得有些远。当他们一家在人多的地方时，他们置身其间，却又没有真正融入。三兄弟脏兮兮的，但穿戴整齐。妈妈试着用唾液来整理皮埃尔的发型，爸爸缓缓地拿出几张纸币分给三兄弟，他们拿上钱跑去买了汽水。其实没有一个男孩愿意围着柱子跳舞，妈妈站在跳舞的那圈人里朝他们挥手，他们跳了《小青蛙》，但很快就一个接一个地溜掉，回到了毯子上，留妈妈一个人站在那里，怀里抱着莫莉，伴着"Bomfalleralla"①摇晃着它。过一会儿她回来了，筋疲力尽又充满活力。坐下的时候她用假音发出一声喊叫。

"不，听着，我们要不要走？"

爸爸立刻站起来。

"好，我们这就走！"

每年仲夏节的前一天，全家人的传统是开车去高速公路，在一家公路餐厅吃午餐。那是整个夏天他们唯一一次下馆子。他们总去同一家餐厅，仲夏节前一天的中午总是空荡荡的，别人都在家里跟家人吃鲱鱼午餐。爸爸和妈妈

---

① 一首瑞典说唱歌曲。

在他们经常坐的那张桌子旁坐下,它是靠窗的,可以看到整条高速公路。

"你们有肉类拼盘吗?"爸爸问服务生。

"抱歉,没有。"

"你们有什么带萨拉米香肠的菜?"

"萨拉米?有的,有些披萨是带萨拉米的。"

"可以用一个小盘子装萨拉米吗?"

服务生不解地看着爸爸。

"嗯……"他说,"应该行吧。"

"很好,那我们要一个这样的肉类拼盘。你们有冰的伏特加吗?"

"当然有。"服务生回答。

过了一会儿,他端着两个底部盛着伏特加的酒杯进来,爸爸和妈妈抿了一小口。爸爸做了一个苦脸。

"是常温的。"他说着,朝服务生招了招手。

"能给我们一碗冰块吗?"

"还不够冰吗?"服务生问。

"够冰,我们只是想更凉一点。"

他走掉后,爸爸妈妈微笑着看了看对方,老练的饮酒者并不在乎业余人士笨手笨脚的行为。他们把冰块放进杯子里,冰块发出咔哒咔哒的声音。他们朝对方举起杯子,喝了起来。

这是一顿逐渐沉默的午餐。聊天变得越来越缓慢,爸爸妈妈懒洋洋地吃着,要来了更多的酒。爸爸焦急地搜寻着服务生的目光,他们不再说话,只是在要下一杯伏特加的时候快速地说一句"喂"。爸爸一喝酒就会变得无精打采,难以接近但没有危险,可这回不同。本雅明发现爸爸变得异常暴躁。如果服务生没有看到他招手,他就冲着餐厅大喊一声"喂"。本雅明习惯性地在汽水里吹泡泡,爸爸说别吹了。过了一会儿,本雅明又吹了起来。这时爸爸从他手里夺过吸管,试图把它折断,可是塑料很有韧性,折不断,爸爸用了很大的力又折了一下,牙齿都龇出来了。当发现吸管仍然完好无损时,他把它扔到了地板上。莫莉躺在妈妈的腿上,妈妈的目光从它身上抬起来,注意到了这场骚动,又低下头去。本雅明一动不动地坐在那里,不敢抬头看爸爸。他不明白,他意识到有什么东西跟平常不一样。从此刻开始,他要警觉一些。

后来他们坐进了车里。本雅明在车里一直保持着警惕,因为当一家人被关在这么小的空间里时,最糟的剧情、爸爸和妈妈之间那些最激烈的争吵总是在这里发生,比如爸爸想调收音机,结果把车开偏了;妈妈在高速公路上错过了出口,爸爸回头看着他们身后远去的高速路出口，发出绝望的叫喊。

"你真的要开车吗？"爸爸拐出停车场的时候，妈妈嘀咕道。

"是，是。"爸爸回答。

本雅明坐在后排座的正中间，那是他的位置，因为在那里他能够观察父母，观察道路情况，观察坐在两侧的哥哥弟弟。当爸爸要开上村道的时候，他拐弯过急，汽车冲进了路边的树丛，树枝在挡风玻璃上发出剧烈的刮擦声。

"喂！"妈妈大喊。

"是，是。"爸爸回答。

他开出树丛，猛地将汽车挂为低速挡，久久地维持在那个挡位，当他终于换挡的时候，汽车抖了一下，后排座上男孩们的脑袋左右摇晃。本雅明透过后视镜看到了爸爸的目光，看到他在汽车从一边颠到另一边时闭了闭眼睛。本雅明不敢说什么，只能静静地坐在那里聚精会神地看着，仿佛是他自己在开车一样。透过侧面的车窗，他看见汽车就要开到沟里了。皮埃尔平静地坐在那里，读着在地上找到的一本漫画书。尼尔斯则把头靠在车窗上，认真地关注着汽车不断变换车道的危险活动。村道越来越窄，变成了碎石路，汽车两旁树木耸立。爸爸在森林中快速地开着，他们快到了，汽车上了陡坡，随即来到拖拉机道上，然后朝木屋的方向开了下去。本雅明觉得也许他们终于平安到家了。

在最后一个拐弯处，零散的碎石让爸爸失去了对汽车的控制，车子失控打滑，轮胎抱死。爸爸试图反打方向，结果汽车滑到了路另一侧的沟渠边。本雅明被甩向前去，撞到了变速箱，哥哥弟弟摔下了座位。爸爸迷糊地看看四周。妈妈在停车之际把莫莉紧抱在胸口，快速地检查了一下它有没有受伤，然后转过身来。

"大家都没事吧？"

三兄弟重新坐到自己的座位上。汽车倾斜着，兄弟三人都挤向了右侧。爸爸发动了汽车。

"你要做什么？"妈妈问。

"我们得重新开上去。"爸爸说。

"开不上去的，我们得打电话找人。"妈妈说。

"胡说。"爸爸说。

他试图重新开回到路上，加大了油门，发动机发出尖锐的声音。尘土和石子打在汽车底盘上，车子却一动不动。

"该死的！"爸爸叫喊着，再次踩下油门。

皮埃尔打开了他那一侧的车门。

"把门关上！"爸爸叫道，"该死的，把门关上！"

本雅明迅速探身越过皮埃尔关上了门。发动机疯狂地咆哮,妈妈大喊起来,想要盖过发动机的声音:"这不行的!"

爸爸挂上倒挡,踩下油门,这下车子有了着力点,从沟里爬了上去。爸爸在碎石路中央停下,然后挂上一挡。皮埃尔再次打开了车门。

"我想从这里走回家。"他说。

"我也是。"本雅明说。

本雅明在后视镜里看到爸爸的冷笑。

"该死的,我说什么来着,把门关上!"

他侧过身来,不分对象地朝儿子们打去。莫莉挣脱了妈妈的怀抱,想要找到一条从车里出去的路。

"没熄火之前把门关上!"

三兄弟赶紧用手捂住脑袋,躲避飞舞的拳头。有好几次爸爸的拳头落到了本雅明的肩上,皮埃尔的大腿被打了一下。不过尼尔斯的处境是最糟的,因为他坐在拳头路径的中央,躲不开爸爸在后座来来回回飞舞的拳头,一拳又一拳打在了他的脸上。"住手!"妈妈大叫着,试图抓住爸爸的胳膊。可他好像变了一个人,变得没有办法再接近了。皮埃尔的第一本能是逃,他摸索着车门想要出去,而本雅明的本能则相反。他朝皮埃尔那边挤去,关上车门,将自己和哥哥弟弟关在爸爸的拳头之中。

"现在关好了,爸爸!"他喊道,"关好了!"

拳头又挥舞了几下,传来几声它们落在身体上的声音,然后安静了下来。爸爸不打了,本雅明捂着脸偷偷往前看,爸爸安静地坐在那里看着方向盘。然后他挂上一挡开动了车,这下三兄弟全都坐了起来,看着前路,看着爸爸无力地搭在方向盘上的手,看着他把车开下斜坡、开上拖拉机道再停到房子门前。三兄弟没有一个人敢把车门打开。

"我去睡觉了。"爸爸说完,下了车。本雅明透过前排座椅中间的车窗看着他的身影,看着他扶着路两旁的树,左一脚右一脚摇摇晃晃地爬上石阶,然后进了屋。妈妈下了车,打开尼尔斯这边的车门,示意三兄弟出来。他们一起站在车旁,本雅明看着妈妈,看着她迷迷糊糊的眼神和歪着嘴的微笑——每次她喝醉酒后,想要弄明白一个对她来说突然无法理解的世界时,都会露出这样的表情。

"你们怎么样?"

她轻抚尼尔斯的下巴。

"亲爱的,"她一边说,一边检查他下巴上的一处伤口,"我会跟爸爸谈谈这事,他会道歉的。但我觉得他需要先睡一觉,你们明白吧?"

男孩们点点头。妈妈用手撑住引擎盖,转头看向皮埃尔,露出温柔的笑容,轻抚他的脸。她久久地看着他,却没有看出他的眼里充满了泪水,没有注意到他在发抖。

"我和爸爸要去睡一会儿,"她说,"然后针对这件事我们会好好开一个家庭会议。"

她把莫莉递给本雅明。

"你能管它一会儿吗?"

然后她沿着小路慢慢走,突然停下来,仿佛想起了什么,接着又走了,路过地窖门口,走上通往房子的石阶。直到见她进了屋,皮埃尔才哭出来,本雅明和尼尔斯分别从两边搂住他。尼尔斯抓住本雅明的肩,三个人在车旁抱在一起,这时本雅明觉得,他们已经很久没这样在一起了。

就是那个时候,莫莉不见了。下车之后,它就不再是它了,它不安地叫着,先是沿着小路紧张地来回跑,然后突然跑进了树林,仿佛下定决心要逃跑。本雅明喊它,先是带着鼓励的语气:"嘿,来啊!"然后变得严肃:"你给我过来!"三兄弟都在那里喊,可它没有听到,只是继续往山坡上跑,它不愿再跟他们待在一起了。

于是这天下午兄弟三人进了森林,去找被吓坏了的狗,最后他们抓住了它。本雅明把它抱进怀里,他在它的眼睛里读出了恐惧,他的胸口能感觉到它心脏的跳动。

他们继续往森林深处走。他记得皮埃尔穿着一件白色衬衫,衬衫被妈妈很仔细地塞进牛仔裤里,可是这会儿它挂在了裤腰带上。他记得他们跨过那些像老年人手指的树根。他记得他听见松树间的什么地方有一只布谷鸟,他们学了它的叫声。他记得他们从一棵树上刮下一些树皮,放进那条顺着森林的斜坡流向湖区的小溪。他们继续沿着山坡往上走,这并非某个人的意愿,甚至没有人说什么,他们就这样去了那里,来到通往变电站的小路上。他们远远地听到了电流的声音,仿佛遥远的管风琴声,越是靠近,低沉的嗡嗡声就变得越响,越沉闷。很快他们就看见巨大建筑的顶部在阳光下闪闪发亮。

他们走上前去,经过那一排排包着橡胶的电线杆,来到栅栏前面,透过开着的房门往屋里望去。

"不知道那里面是什么样的?"本雅明说。

"可能就是一大堆电线。"尼尔斯回答。

"我们要不要看看能不能进去?"

"不行,"尼尔斯说,"会有危险的。"

他们并排站在栅栏旁,手撑在栅栏格上。"我触电过一次,"本雅明说,"我问爸爸触电是什么感觉,他拿出一个类似长方形的电池,让我舔它。"

"是什么感觉?"皮埃尔问。

"舌头被刺了一下,有那么一会儿我说不出话来。不过后来就没事了。"

"不过有比这个严重得多的触电,"尼尔斯说,"比如,我们拿一把叉子插进插座里,那样可能会死。"

本雅明摸了一下栅栏门的把手,门立刻开了。

"这也被人弄断了!"他大声说。

他穿过栅栏门,走过房子外面的一块小草坪,站到了哥哥和弟弟面对的栅栏里面,用一只手抓住栅栏格。"放我出去!"他喊道,假装哭了起来,"我求你们了!"

本雅明低头去看怀里的莫莉,轻轻地把一只手放到它的头上。然后重新看向哥哥和弟弟,挤出一个苦脸,把狗递给他们。

"至少让莫莉出去,"他呻吟道,"把它放了,它不该承受这些!"

皮埃尔咯咯地笑了起来。

"我们回去吧。"尼尔斯说。

"等等,"本雅明说,"我得去看一眼那里面是什么样子的。"

他朝房子走了几步,站到门口,往里看,但只看到昏暗的轮廓。他用手沿着房子的内墙摸索,找到一个开关,把它打开，天花板上的一盏灯立刻让屋子亮了起来。屋子比他想象的要小，有一块很小的立足之地，后面的墙上有一排密密麻麻的又粗又黑的电缆，从地面通到天花板上。屋子好像因为流过墙壁的电流而抖动着，强烈而持续，发出城里家中三台大型烘干机一般的声音。

"你们觉得那里面有电吗？"本雅明朝屋外的兄弟大喊。

"有！"尼尔斯回答，"别动里面的东西。"

本雅明捡起一块石头，小心翼翼地把它扔向电缆。石头落在地板上，什么都没发生。他又拿起一块更大的石头扔去。

"好像没有电，"他大声说，"我把石头扔过去什么都没发生。"

"石头是不导电的！"尼尔斯大喊，"这不代表那些电缆不带电！"

本雅明小心翼翼地走近那些电缆，此刻他站在离它们只有半米远的地方。他朝黑色的墙壁举起一只手。

"别动它们！"尼尔斯大喊，"我是说真的，你会死的！"

"不，不，"本雅明大声说，"我不会动的。"

他把手伸得更近了，电缆发出一阵噼噼啪啪的声音，仿佛静电一样。当本雅明把手放下后,这声音立刻消失了。

他再次把手伸向电缆。很小很小的、几乎看不出来的火花在电缆和他的手之间冒了出来。手越靠近,噼噼啪啪的声音就越密。他这辈子从来没有听过这样的声音,这声音让他想起电影里人们在一场大灾难后测量放射浓度的情景。他能够用手来控制这声音,可以伸近或移开,现在他明白了这种力量,认为尼尔斯应该是对的。如果他碰到那些电缆,可能会受重伤。一个念头冒了出来:我从来没有像现在这样接近死亡。他转过身去,看着自己的兄弟。

"你们看!"他大声说,抬起头看着那些小小的火球在屋里乱窜。

"是火花!就像魔法一样!"

"住手!"尼尔斯大叫道,"立刻住手!"

本雅明把手抬起又放下,倾听那出现又消失的声音。火花在他周围升起来,他笑着,看着他的兄弟,然后整个屋子都变成了蓝色。

他清醒过来。最初的几秒钟他有一种自由的失重感。他坐了起来,试图搞清楚自己在哪儿,接着疼痛袭来,后背和胳膊灼烧一样疼痛。现实压得他喘不过气来,他往栅栏那边看去。

他心想:哥哥和弟弟在哪里?

他抬头看天,看见太阳更低了。他在这里躺了多久?他试着站起来,可腿却没有力气。他放弃了,又坐下来。这时他看见了什么,一阵钝痛穿透了他的身体。

是莫莉。

它躺在离他几米远的地方,他不会看错——被烧焦的皮肤和它不自然的姿势。他爬到它面前,抱起它伤痕累累的身体,把它放到自己腿上。他看着莫莉了无生气的脸,看着它那半张着的嘴,就好像它沉沉地睡着,只要轻轻一晃就会醒来。可是他不敢动它,因为他不想碰它的伤口,害怕弄疼它。他把莫莉紧紧地贴在胸口,把它放到它死去时躺着的位置。他的呼吸越来越快,越来越重,他听到一种陌生的声音,意识到那是他自己发出的。世界在一点一点消失。他这辈子都在努力对抗那种对现实失去控制的感觉,一直都在寻找可以拽住的实实在在的地方和东西,可这是第一次,他希望做不同的事,希望松开一切留住他的东西。他坐在黑暗中,望着外面那块矩形框住的浅绿色的现实世界,他挤了挤眼睛,再次朝门口看去,希望它很快就会变得触不可及,很快就会消失,而他自己能够离去,能够脱离现实,永远地困在黑暗中。

他一定是失去了意识,因为当他重新往外看的时候,太阳更低了。他站了起来,跌跌撞撞地朝门口走去,来到光亮下面，穿过栅栏，他心想：哥哥和弟弟去哪了？

他怀抱着狗穿过森林。他不记得过程了，不记得自己是用什么方式回去的。但他记得他看见了湖，黑黢黢的。他记得水面很平静，没有风。他记得两条腿快撑不住了，记得自己看见了石阶上的妈妈，她穿着睡衣站在那里。他记得妈妈的轮廓很模糊，记得房子周围的绿植被自己的眼泪蒙住了。他记得妈妈沿着草坪往下走了几步，带着某种惊讶看着他。他记得她倒在了草坪上，发出绝望的尖叫。他记得湖水对她的尖叫做出了回应。

## 第十三章
12∶00

禁猎区的围栏在这里结束,乡间公路变窄了,路况也变差了,打着补丁的柏油路,猝不及防的坑洼,沟渠边的动物尸体,血淋淋的皮肉贴在地面上。没有交会的车辆,只有一辆装载木材的银色拖拉机。车载收音机失去了一个又一个电台的信号。他们在瑞典的另一面,在森林中越开越深,他们的话越来越少,当他们终于拐下乡间公路时,已经完全沉默了。他们又穿过了那个虫洞,回到了那条碎石路上,再在森林中行驶五公里,然后就到了。后视镜在抖动,本雅明看见车后扬起的尘土就像孟加拉烟火一般,在车的两侧喷射而出,扬到了树上。他们离小屋越近,杉树就越高。

他小心翼翼地驶上那条碎石老路,看见后座上的尼尔斯突然身体前倾,神情专注,眼睛紧紧盯着路面。他们仿佛是要去一个地方,这个地方被这家人的秘密捐助者保护起来了,有人在那里投入了所有资源,确保有一天如果他们回去的话,一切都不曾改变。路面起起伏伏,使得汽车永远都在同样的地方颠簸。沿路的会车路牌倒向跟过去一样的方向。岁月真的途经过这里吗,还是说一切都静止了?也许在这里,在森林里,时间出了什么状况,它不像它应有的样子了。时间是一条碎石路,如果我们保持右行,就可以在另一边看到自己。他突然看见那台老旧的沃尔沃朝他驶来,爸爸和妈妈坐在前面,穿着仲夏节前夜的盛装。在后排座中间的位置上他看见了自己,看见了那种全神贯注的眼神,他正努力确保一切正常。

而现在本雅明透过摇下来的车窗听到了发动机的声音,骑着摩托车的尼尔斯突然从坡顶后面冒了出来,油箱在太阳下闪闪发亮,他飞驰而过,孤独而忧伤。在这条连接着小屋与现实世界的狭窄碎石路上,他飞快地骑行,正从超市下班回来。往树林里看,本雅明和皮埃尔正你追我赶,他俩在森林里迷路了,惊恐而专注地跟着摩托车的声音,想要找到回家的路。

汽车离山坡越来越近,那里每到傍晚总是正对着太阳。当他翻过坡顶后，又一次看到了自己。他就站在路边，那个腿细细的男孩，穿着短裤，光着上身。妈妈在城里上了几天班，本雅明独自一人沿着碎石路跑上来接她。本雅明经过他身边时，男孩用清澈的目光看着本雅明，他看到了一张陌生人的脸，并无兴趣，然后又转头去看坡顶，寻找他的妈妈。

他们从那里经过，一个接一个，所有的男孩都是曾经的他。

此刻本雅明和他的兄弟快到了，他们下了坡，拐上那条小小的拖拉机道。他记得他们在这里最后的那个早晨，那是事故发生的一周之后。吃早饭的时候孩子们突然收到指令——我们回家。一切都很匆忙。大箱子摊开放在客厅地板上。爸爸到处转着，关灯关暖气。当他把最后一些东西放进车里，检查车门是否锁好时，妈妈点了一根烟，靠在发动机盖上。她神情涣散地抽着烟，眼睛望着湖水。本雅明来到她面前，正准备拿起她放在脚边的手提包，可是她却挥挥手阻止了他。本雅明仍然站在她身边，紧紧挨着她。妈妈飞快地低头看了一眼本雅明，然后又重新看向湖面。

"事情发生那天，"妈妈用食指弹了弹烟，说，"我下午醒来，再也没有睡着。我躺在床上玩填字游戏……"

她做了一个手势，朝天空指了指。

"突然天花板上的灯灭了，我吃惊地抬头看。怎么回事？几秒钟后，它又亮了起来。"

妈妈缓缓地摇了摇头。

"当时我没有多想，可现在我明白了。"

她笑了起来。

"你可以把它当作一件美好的事，就像一次小小的问候，一次告别。一切都熄灭了，然后它死了。"

妈妈走到谷仓那里，往墙上摁灭了烟，把没抽完的半根塞回烟盒里。然后她坐进了车里。

他们注意到这条路已经很久没人开车走过了。车辙中间的草长得很高，灌木打在车的底盘上，树枝拍在车子的左右两侧。本雅明在这条窄窄的坡道上跟别的车交会。还是那辆老旧的沃尔沃，车里的行李一直装到了车顶，正如这家人离开小屋的那天。他看见爸爸坐在方向盘后，妈妈坐在他身旁，沉默不语地望着前方的路。后排坐着三兄弟，紧挨在一起，肩并着肩。本雅明靠右行驶，好给对向车辆留出位置。他很快看到了自己，不过只是瞥见了一眼坐在中间的那个男孩。他悲伤而警惕的目光密切注视着车里车外发生的一切。沃尔沃与本雅明交会而过，他开上了坡道，目光在后视镜里追随着它，直到看不见为止。他拐过最后一处弯道,那栋红色的木屋很快出现在森林的缝隙中。他看见长满杂草的院子,抬头望了那些杉树一眼,它们让木屋显得那么小。高高的草丛在车轮下沙沙作响。他一直开到地窖门口,将发动机熄掉。三兄弟在车里又坐了一会儿,往外张望。

　　他们回来了。

# 第二部分
碎石路的另一边

## 第十四章
10：00

他抬头望着高速公路两旁的大型输电线。黑色的线缆缓缓地沉入窗外夏日的天空，然后又升起来，在巨型钢架顶端的地方到达最高点。那些钢架立在公路两边，每隔一百米一座。过了最高点后那些电缆又俯冲下去，仿佛在向下方的草地屈膝致敬。

他抬头望着那些输电线。

有一回，本雅明的电表箱着了火，他成功地灭了火，却不得不请一位电工来修理发生短路的地方。那个人站在门厅里，把面板从电表箱上拧下来，以便检查里面的情况。他很熟练，只用了几秒钟就拆下了外壳，把那些螺钉都攥在自己结实的拳头里。他准备继续往里作业，开始拆下一个面板，就在这时，房子里的穿堂风带上了厨房门，厨房门砰的一声在他身后关上了。这位电工的第一反应是：把手里的东西全都扔掉，举起双手，仿佛是遇到了持枪歹徒的威胁。本雅明不明白这是为什么。当电工重新捡起撒得满地都是的螺钉和工具时，本雅明问他发生了什么事。"工伤反应，"他说，"电工只要一听到砰的一声，就会把手里的东西全都扔掉。"

这是对触电的恐惧。作为孩子他感觉不到这种恐惧，在那场事故之前，他对电很感兴趣。在泳池的后面有一个马场，在一次游泳课后，其他孩子都回学校去了，本雅明跑去了带电的围栏，那围栏把马匹圈在牧场里面。他在那里站了很久，低头看着细细的电线和用薄板做的黄色警示牌，警示牌上画着触摸到电线的手和四溅的红色火花。他双手靠近电线，仿佛是为了挑战自己。他双手围着电线拢成一个环，但没有碰到电线，随后他抓住了它。一股快速的电流脉冲穿透他的手，抵达了腋窝，然后消失不见。他记得事后感到异常兴奋，有那么片刻，就好像电流对他当时那奇怪的无力感做了什么，他感到一阵鼓舞，当电流穿透他的时候，他仿佛听到一个声音在小声说："快走！"

皮埃尔在高速公路上飞快地开着车，一直都开在左侧车道上。当他不得不因为前面的什么人放慢速度时——

那是高速公路上的旅行者在用他们自己的速度行进——他紧跟在他们后面,用大灯晃他们,立刻把他们吓回本该属于他们的中间车道。然后皮埃尔重新加速,发动机快速旋转,听起来就像恢复了健康。

"吃饭的地方!"皮埃尔突然大喊,指了指远处地平线上一块逐渐靠近的路牌。

"终于可以吃饭了。"尼尔斯在后排座上嘟囔道。

快餐店看起来永远都是那个样子。员工的胸前别着金星,有些人有好几个,有些人一个都没有,这样大家就能看出谁好谁坏。所有人都戴着姓名牌,除了那个极为年轻的经理。他在柜台后面像鸡一样警觉地徘徊,为那些懒散的员工感到羞愧。他紧张兮兮地走来走去,接管各种事情,纠正各种问题,偶尔停下来,用空洞的微笑望着客人。

他们点了汉堡包和炸薯条,在离出口最近的一张桌子旁坐了下来。尼尔斯拿出手机。

"我得解决你们搞出来的这坨屎,"他说,"我猜我们被警察通缉了。"

"哎哟。"皮埃尔说着,笑了起来。

"不,这可不是什么哎哟,"尼尔斯说,"这他妈很严重。"

尼尔斯走了出去，随后本雅明看见他站在停车场的大风里，把手机贴在一只耳朵上，用手掌捂住另一只耳朵，好隔绝高速公路的噪音。皮埃尔把薯条倒在汉堡包的面包盖上，把那些白色小包装的番茄酱整齐地摆成一排，如果一包用完了，可以马上拆开下一包。

"我其实一直觉得我们不会回去。"皮埃尔说。

"是的。"本雅明说。一个新的想法随即出现，他从食物中抬起头来问："你为什么这么认为？"

"嗯，因为那次事故，"皮埃尔说，"对你来说这太难了。"本雅明看着皮埃尔快速处理食物的动作，他拿着三根薯条去蘸番茄酱，当他把它们塞进嘴里时，薯条变得很重，像郁金香一样弯下了身子。

"我仍然无法理解，"皮埃尔说，"你为什么会触电？人不是在碰到电线后才会触电吗？你什么都没碰到。"

"我也不明白，"本雅明回答，"大概有十年的时间，我都不知道到底发生了什么，后来我弄明白了。"

"所以是怎么回事呢？"皮埃尔问。

本雅明告诉皮埃尔有一种东西叫电弧。有些地方电压非常高，甚至让空气都带上了电。空气被加热到好几千度，最后温度太高，出现了放电现象，看起来就像雷击一样。

"是这么回事啊？"皮埃尔问。

"是的，我把这事告诉了那些电工，他们说我没有死可真是奇怪。"

"你找电工聊过了？"

"是的，找了很多。"

"为什么？"

"我想知道自己身上发生了什么。"

皮埃尔摇了摇头，朝尼尔斯看去。尼尔斯已经挪过地方了，此刻他拿着手机站在面朝八车道高速公路的一块小草地上。

"你知道每年向电力安全局报告的触电事故有多少起吗？"本雅明问，"有五十起。可你知道他们认为实际上发生了多少起吗？超过两万起。但没有人上报。你知道为什么吗？"

"觉得丢脸？"

"正是。他们觉得不好意思，因为他们是电工，这是他们应该掌握的事情。"

"难以置信。"皮埃尔说着，放下了汉堡包，它的边上带着牙印，仿佛老鼠咬的一样。他拿起一根薯条，像啃碱水面包棍一样吃进嘴里，然后把手上拿着的那一小段留在了餐桌的纸巾上。本雅明看见他在那里留下了好几个薯条头。

"你为什么不吃最后那段?"本雅明问。

"那很恶心,"他说,"手指很脏,它们到处乱摸。"

本雅明打量着皮埃尔,看着他一个接一个地扔掉薯条头,突然,他开始同情起自己的弟弟来,因为当那一小堆薯条头在桌子上越垒越高时,他觉得自己看出了一个小小的迹象:皮埃尔也带着什么心事,在他的这种怪癖中也藏着一个故事。本雅明一直很吃惊,皮埃尔似乎就这么毫发无损地离开了童年。他看起来无动于衷,仿佛发生的所有事情都被他淡忘了——或许也让他变得更强大了?可是当本雅明看着弟弟在那里摞薯条的时候,他第一次觉得那里面有其他东西的痕迹。因为不愿意把自己碰过的东西塞进嘴里的人,在某种意义上就是不愿意跟自己产生联系。在两个人的沉默中,餐厅里的声音显得更响了。机器发出咔哒咔哒的声音,杂乱而焦虑,将冰块摇落到纸杯里。厕所里一台烘手机响了起来,又安静下去。每次高速公路的噪声传来,就说明有新客人进来了。一位顾客点了一杯奶昔,有台小发动机启动了,声音低沉,仿佛钢琴上最低的那个音。他的思绪再一次被扔回那个变电站,他站在电流墙的前面,那是他想立刻摆脱的场景,也许他摆脱了一阵子,但他知道它们还会回来。每次他听到突如其来的巨响,他都会想到爆炸。比如他冲飞机上的厕所马桶,气阀砰的一声关上的时候。强光会产生同样的效果。冬天的夜色中他开车行驶在乡间公路上,突然遇到一辆开远光灯的车,他会有那么一瞬间感到浑身瘫痪了。他会想起最后一秒钟的情景,屋子在爆炸前亮起了白光。他想起潮湿黑暗中冰凉的地面,想起自己如何醒来,看清方向,眯着眼看到屋外的阳光。

这是第一次,他们在谈话时本雅明没有躲避皮埃尔看他的目光。

"有件事我始终不明白,"本雅明说,"你们怎么能把我留在那里就走了?"

皮埃尔放下可乐杯,在一张餐巾纸上按了按手指。他微笑着摇了摇头。

"你是这么以为的?"他说,"我没有扔下你。"

"我醒过来时你们不见了,"本雅明说,"不然我应该怎么理解这事?"

"所以你到现在都不知道发生了什么?我没有扔下你,我朝你跑过去,抓住了你,我一碰到你我也触电了。"

"不是。"

"不是?"

"不可能是这样。"本雅明说。

"你昏过去了,什么都没看见。你触电后就带电了,我一碰到你,我也触电了,立刻失去了知觉。醒来时,我看见尼尔斯穿过森林走掉了。我试着让你醒来,但我没办法。我以为尼尔斯去求救了,所以我跟上了他。他回到家的时候我刚好追上他。他躺到了吊床上,我根本不明白发生了什么。"

"所以呢?"本雅明问,"你做了什么?"

"我对他大喊说我们必须回去,可是他拒绝了。我慌了,去找爸爸妈妈。可他们都不在。所以我自己跑了回去。"

"不,这不是真话,我醒来时电站只有一个人。"

"我迷路了。我跑啊跑啊,跑去找你,最后我迷路了。我找不到你,也找不到回家的路。"

本雅明把他的拳头抵在脑门上。

"你不记得了吗?"皮埃尔问,"你带着莫莉回家的时候我不在那里。我去森林里找你了。"

本雅明闭上眼睛。那是仲夏节的前夜,他抱着莫莉回到家,它躺在石阶前的草坪上,它死了。妈妈把它抱起来,然后和它一起瘫倒在草坪上。她搂着它,大声哭叫。

尼尔斯。

他在那里,在去湖边的斜坡上,离得有点距离。他在那里静静地看着一切。妈妈抬起头看本雅明。他记得很多细节，比如口水在她上嘴唇和下嘴唇之间拉出了一道丝。透过她敞开的睡衣可以看到她白皙的胸脯。"你都干了些什么？"她朝本雅明叫喊道，一遍又一遍，在愤怒与绝望间切换，"你都干了什么？"

可皮埃尔在哪里？他努力找他，却没找到。

"你不在那里。"本雅明说。

"是的，我在森林里跑来跑去。最后我放弃了，坐在了一块石头上。后来我听到了妈妈的哭喊。我从来没听过她哭喊成那样，她喊着：'你都干了什么？你都干了什么？'我朝她喊叫的方向走。我回到家时，一切都乱套了，那场面……"他摇了摇头，"一片混乱。"

"嗯，"本雅明垂下眼睛看着桌子说，"那你做了什么？"

"我不记得了。我记得我想去洗洗，不想让爸爸妈妈看到发生了什么事。我的手和胳膊烧破了。你不记得那些烧伤的伤口过了好几周才好吗？"

"不记得。"

"我去了厕所，洗手的时候皮掉了下来。我站在那里，看着那一片片皮在水槽里打转，听着妈妈在外面哭喊，耳朵里嗡嗡的，就好像我在打仗。"

"这些我不知道，"本雅明说，"我不知道你试着救过我，也不知道你去找我了。"

皮埃尔耸了耸肩。

"你为什么从来没有跟我说过这些？"本雅明问。

"我以为你知道，"皮埃尔说，"爸爸妈妈说你状况不好，叫我们不要跟你说发生的事情。"

画面往前滚动。他抱着莫莉跌跌撞撞地穿过森林，回到木屋，看见了风平浪静的湖面。他看见了石阶上的妈妈，看见了她半张的嘴巴和空洞的眼神，那一刻她还没明白过来。而这时他的脑海里浮现出了他的弟弟，想象着他在森林中的样子。他迷路了，已经要放弃了，这时透过松林听到了妈妈的哭喊。那个男孩跑了起来，烧伤的胳膊在身体两侧摆动。这个七岁的孩子在那里跑着，他妈妈的哀号指引着回家的路。

本雅明和皮埃尔站了起来，穿上外套。皮埃尔把尼尔斯的汉堡包带去车里。他们离开桌子时，本雅明看见桌上留下的那堆薯条——皮埃尔把薯条头一个一个堆了起来，堆出了一个整齐的金字塔——像是他讨厌自己的一个小小的表现。

他们坐进车里。尼尔斯装在袋子里的冷冻熟食这会儿化了，车里有股淡淡的肉碎馅饼味。他们开上了高速公路，高速公路变窄成了一条乡间公路，禁猎区的围栏在这里结束。乡间公路变窄了,路况也变差了,打着补丁的柏油路,猝不及防的坑洼,沟渠边动物的尸体,血淋淋的皮肉轧平在地面上。没有交会的车辆,只有一辆装载木材的银色拖拉机。车载收音机失去了一个又一个电台的信号。他们在瑞典的另一面,在森林中越开越深,他们的话越来越少,当他们终于拐下乡间公路时,已经完全沉默了。他们又穿过了那个虫洞。

# 第十五章
## 毕业派对

爸爸站在面朝广场的窗口往下看。他看了看表,坐在了餐桌旁的一张椅子上,眼神垂向自己的膝盖。他穿着正装,肉色平底便鞋与小腿融为一体,还有西服长裤——爸爸总是把它挂在厨房的衣架上,直到最后一刻,这样可以完好地保留压褶。这样的做法常常让尼尔斯和妈妈感到反感,因为参加活动前的几个小时,爸爸会穿着内裤在房子里走来走去。他戴上了自己那顶旧学生帽,它已经褪色走形了,戴着它就像在头上盖了一块发黄的布。

"该死的。"他嘀咕着,再次走到窗口。他不得不把脸贴到玻璃上,好瞥到楼下的街道。本雅明想,如果有人从广场上看到爸爸,一定能从窗户外面看到爸爸的样子——

他贴着窗户的手,他被挤扁的脸,他那睁得大大的、正在观察外面地形的眼睛,就像动物园里的一头动物,刚刚意识到自己被关起来的处境。

"真不敢相信,"爸爸自言自语地嘀咕道,"参加自己的毕业派对怎么能迟到?"

上午全家人都聚集到校园里,准备迎接尼尔斯跑出来。爸爸让皮埃尔和本雅明都从学校请假来参加,这很重要。皮埃尔得拿着海报,那是一张尼尔斯三岁的照片,他坐在便盆上,微笑地看着照相机。这张照片让本雅明想到了一桩妈妈反复讲起的家庭逸事。有一次尼尔斯拉完大便后,本雅明去掏了便盆,妈妈在浴室里发现他手上拿着一块尼尔斯的大便。她描述了本雅明是如何从侧面啃大便的:"就好像那是一串鸡肉串。"她无声地笑了很久,每回她讲起这件事,本雅明都会离开屋子。

校园上空下起了雨,一家人挤到一把大伞下面。然后一个十分激动的人——可能是校长——带着一个扩音喇叭来了,从十开始倒数,最后打开了大门。学生们蜂拥而出,挤满了小小的柏油操场,大家都稀里糊涂地跑来跑去,寻找自己的家人,除了尼尔斯。本雅明一眼就看到了他,他面带微笑,平静又稳重地径直走向他坐在便盆上的那张照片。

"真棒。"看着他走近,妈妈试探性地举起拳头大喊。她和爸爸抱住了尼尔斯。尼尔斯脖子上戴着花束、小熊玩偶和小小的香槟酒瓶,用蓝黄相间①的带子穿着,沉甸甸的都是别人的爱。他胸前挂着所有人际关系的证明,那些都是本雅明只能在家中飞快瞥上一眼的友谊的证明。下午尼尔斯回家时,通常会带上同学,有时是四五个男孩,他们东倒西歪地冲进门厅,边打边闹地穿过客厅。尼尔斯飞快地把他们赶进自己的房间,关上门,不过本雅明会在他们经过的时候仔细打量他们的样子,他一声不响地站在自己的房间门口看着他们走过,观察这些高高大大的人,他们的脸上长满了青春痘。这些人沉默寡言,腿很长,大腿都到了胸口那里。

尼尔斯的手里拿着装成绩单的棕色信封,当爸爸撕开信封快速扫了一眼数字后,一颗失望的原子弹在校园里被无声地引爆。他把那张纸递给妈妈,站在她身后又看了一遍,然后点点头,仿佛跟他期待的差不多,随后把成绩单折起来塞进衣服内袋。不过从他们的眼神中本雅明读出了对分数的失望。整个春天一直都有这样的信号——尼尔斯的成绩也许不像妈妈跟其他孩子说的那般出色。

---

① 瑞典国旗的颜色。

尼尔斯很快又跟他们告别了,因为他要跟同学一起去坐在卡车车斗上参加环城之旅。他保证会尽快回家。这时出现了一点小混乱,他遇到了一个朋友,他们拥抱了一下,然后互相搭着对方的肩膀走了,胸前的香槟酒瓶发出丁零咣啷的响声。他们朝一长排卡车走去,这些卡车没有熄掉发动机,用桦树枝装饰着,横幅从车身两侧挂下来,上面喷着刺眼的话语。看着儿子在人群中消失,爸爸大喊:"我们在家里等你!"

妈妈点了一根烟,他们一起挤在伞下,往家走去,穿过市郊铁路线底下的隧道,往市中心的方向行进。这个小小的家庭在空中举着一幅海报,仿佛一支小小的游行队伍走过广场。

已经过去了两个多小时,爸爸一次又一次走到窗口,希望能看见消失的儿子。他走到桌边去看饭菜。桌上摆着几个盘子,盛着几片意式肉肠,还有萝卜和盐,四份切成两半的鸡蛋,上面撒着圆鳍鱼子。还有一个单独的盘子,盛的是艾蒙塔尔干酪。这是毕业派对最重要的一道食物,是尼尔斯最喜欢的。他常常会切下一片,然后抹上一层厚厚的黄油,把它卷成一个卷儿,晚上看电视时吃。皮埃尔和本雅明见不得这种吃法——把油乎乎的黄油抹到油乎乎的奶酪上。尼尔斯一这么吃,他们就发出干呕的声音,反应强烈地离开客厅,留尼尔斯坐在黑暗里,坐在电视机发出的清冷蓝光下,一片片地吃他的奶酪。

妈妈蜷着双腿坐在沙发上抽烟,把烟灰缸放在腿上,这样就不用把手伸到茶几上弹烟灰了。她在读一份报纸,爸爸在摆弄餐具,一把叉子掉在地上,妈妈从报纸上抬起了头。

"把香槟酒放到冰箱里去,这会儿它都热了。"她说着,目光又重新回到报纸上。

楼下的广场上突然传来音乐声,一辆载着学生的卡车缓缓从窗外经过,爸爸赶紧跑到窗口,贴着玻璃看。"该死的。"当卡车开出了视线范围,他发出嘘声,换了个姿势。本雅明听见门外电梯停在这一层的声音,电梯门打开,钥匙串哗啦哗啦的声音向门口靠近。

"他来了。"本雅明说。

"不,"爸爸一边说一边朝窗外看,"那辆卡车不是他那辆。"

门开了。

"嗨。"尼尔斯大声说。爸爸冲向门口。

"欢迎!"他喊着,看了看周围。"本雅明。"他朝他招招手,小声让他过来接哥哥。然后他转身朝房间喊:"皮埃尔!"皮埃尔立刻出现在自己的房间门口。

"对不起，"尼尔斯说，"卡车一直开进了城，我没法下车。"

"没关系。"爸爸说。他拿起香槟酒瓶，剥掉玫瑰花一样的锡箔纸，然后龇着牙去拧软木塞，让瓶子远离自己，怕软木塞会冲到天花板上。

"玫瑰香槟！"他大喊。

一家五口聚到客厅中央，爸爸倒了三杯酒。他摘下眼镜，轻轻地用眼镜在杯子边沿敲了几下，清了清嗓子。

"为我们优秀的学生干杯，"说着他举起酒杯，"我们为你骄傲。"

爸爸、妈妈和尼尔斯碰杯，将酒喝下。

"酒都热了，"妈妈说着，转身看向本雅明，"你能去取些冰块来吗？"

当皮埃尔拿起一个盘子给自己盛了半个鸡蛋时，爸爸不悦地说："唉，让尼尔斯先拿，看在上帝的分上。"

"没事的，"尼尔斯说，他的语气带着一种让人不习惯的、做作的亲切，"可以让他先拿。"

一刻钟后尼尔斯又准备要离开。他要去见几个朋友，晚上他们要聚会。他站在门厅里，弯下腰去穿鞋，爸爸站在厨房门口。

"尼尔斯，"他挥着艾蒙塔尔干酪，大声说，"看你错过了什么?"

"哇,"尼尔斯说,"太好了。"

"我们可以今天晚上等你回来的时候吃,毕竟今天是你的最后一夜了。"

"好的。"尼尔斯回答。

门被砰地关上,尼尔斯走了。爸爸看着大门,站了好一会儿。他摘掉了他的学生帽,把它放到门厅的桌子上。他走进自己的房间,然后开始了新的等待,等待尼尔斯再回来。此刻的每一小时都很重要,因为明天尼尔斯就要出门旅行了,去中美洲做九个月的志愿者。这么快就出发,一毕业就走,本雅明把这理解为一种对爸爸妈妈的危险挑衅,一种向他们表明他一点儿也不想多待在家里的方式。然而爸爸妈妈却相信他说的,他需要彻底休息一下,他想把大脑清空,去看看世界。本雅明沿着通往各个卧室的门厅走,小心翼翼地打开了尼尔斯的房门:箱子已经整理好了,三个旅行箱叠放在那里;CD唱片架空了,书架也空了;墙上只能看到黏合剂留下的对称的油渍,它们是用来贴之前在墙上的那些电影海报的。这一切做得很无情。尼尔斯说春天的时候他会回来,但本雅明知道他以这种方式离开这间屋子,清得如此干净,他是要彻底走了。

本雅明进了自己的房间。这会儿是下午,但感觉像晚上了。妈妈又拿着报纸躺回沙发上。爸爸坐在自己房间的一张扶手椅上读一本书。本雅明躺上床，闭了一会儿眼睛，睡了过去。等他醒来时外面天已经黑了。他看了看收音机上的时钟：晚上十点十二分。屋里很冷，因为一扇窗子开着，他心想起床吧，但却起不来。他仔细听房子里的声音，客厅里电视机开着，但没听到有人说话。尼尔斯回来了吗？突然，他听到一声尖厉的喊叫，是妈妈发出的。

"你就不能歇歇吗！"

也许是皮埃尔在嚼冰块，妈妈受不了这种声音，皮埃尔也知道，却还是忍不住要嚼。本雅明听见地板上的脚步声，是皮埃尔离开客厅进了自己的房间。皮埃尔又出来了，本雅明听见了脚步声，他突然出现在本雅明的房间门口，手里拿着一根香烟，走到跟本雅明房间连着的小阳台上。皮埃尔偷偷抽烟已经很久了，他的胆子越来越大。妈妈有时候会去闻他的手指进行检查，仿佛她感觉到他在抽烟。为了避免被抓住，每次抽烟后皮埃尔都把醋滴在手上。他包里总是放着一瓶，晚上回家前在电梯里擦洗一下。那股刺鼻的气味总是飘在楼梯间里，附在他的衣服上。妈妈一直不明白，有一回她困惑地说，她去他房间做事时，闻到里面有一股"菜味"。

本雅明打量着阳台上的皮埃尔，看着他轻车熟路地拿起香烟，把手弓起来，好让火柴不会被风吹灭；看着他漫不经心地把点着的香烟叼在嘴上，同时把外套的拉链往上拉；看着他把胳膊搭在栏杆上，深吸一口，把烟从鼻子里喷出来。从他的动作看，他像是一个上了年纪的男人——有时他的目光似乎停住了，好像突然想起生活中什么伤心的事情；有时他会望着那些高楼大厦，再次吸上一口，然后默默地苦笑一下。本雅明觉得皮埃尔不再像一个孩子或少年了，他看起来似乎背负着只有经历过漫长人生的人才能体会的重担。他越来越封闭自己，很少愿意谈论他们俩一起经历的事情。这是一种变化。本雅明记得有一回爸爸妈妈吵得很凶，他们在家里冲着对方大喊大叫，后来升级成肢体碰撞，飞快的脚步跑过门厅地板。他们拉扯着一扇门，妈妈奋力躲避爸爸的暴怒。他记得爸爸拉开门时狰狞的样子，一只手从门缝伸进来挥打；他记得自己带着皮埃尔钻进了一个衣橱，关上门，外面的争吵声、肢体碰撞声和尖叫还在继续。那声音将无法想象的画面输送到本雅明的脑海，他们坐在地板上，互相搂着对方，皮埃尔哭了，本雅明捂住他的耳朵小声说："别听。"

他俩是在一起的。

仍然有一些时刻，让他仿佛瞥见他俩曾经的模样。厨房的清晨，他们穿着睡衣紧挨着彼此，把巧克力糖浆挤进牛奶中。当皮埃尔把牛奶溅出来的时候，本雅明会模仿爸爸的样子大惊小怪地嘀咕："你可真笨！"皮埃尔则模仿妈妈的方式来结束冲突："我上床去了。"他俩咯咯地笑起来。他俩就这样头发蓬乱地站在那里，安静下来，继续搅拌着巧克力奶。他俩是在一起的。

可后来他们上学了，在那里皮埃尔变成了另外一个人。曾经总是黏在一起的两人现在甚至可以彼此走过却不打招呼。有一回下课的时候，在换去别的教室的路上，本雅明在走廊里突然听到柜子那里传来一阵骚动。当他经过时，看见皮埃尔把一个更小的孩子推到墙边。他身体前倾，用额头抵住那个小男孩的额头。本雅明只是在经过时飞快地瞥了一眼，他不想看，但却记住了弟弟爆发时的画面，那是他无法忘记的情景。他从休闲中心的男孩身上，从广场上无所事事的帮派身上见到过这样的画面，这帮人能瘫痪掉一整节地铁车厢。他在他们身上看到了一种男性特质，他无法理解也无法参与其中。现在他开始慢慢明白这种男性特质存在于他的家里，存在于皮埃尔身上，存在于他越来越不理智的行为中。背包里他在木工课上做的星形飞镖咔嗒作响。很多个下午，本雅明看见他站在健身房的后面抽烟，跟他的朋友们朝墙上扔飞镖。有一天他去染了金发，完全是他自己的主意，没有问过妈妈。肯定是哪个环节出错了,他的头发变成了鸡屎色,第二天他又染了回去,结果染得太黑,以至于看起来有点像蓝色。只是头发颜色而已,但影响了别人对他的看法。那种令人费解的深蓝色头发,在校园里远远地就能看见那种警惕的目光,仿佛他随时会走入埋伏。还有走廊上不断传来背包里飞镖的刮擦声,以及低年级孩子被按在柜门上的声音。

他开始在课间偷偷地观察皮埃尔。直到那时,当他远远地关注自己的弟弟,他才看到了他自己。那是隆冬时节,零下的温度,下午两点的课间天已经黑了,孩子们在结了冰的柏油地面上玩"国王游戏"①。大家的嘴里哈出了白气,网球被沾着雪的手套粘住了,孩子们得用很大力气才能把它扔出去。这时,本雅明看见皮埃尔在一旁看。他穿着很薄的外套,没戴帽子,冻得发紫的手插在牛仔裤兜里。一阵突如其来的愤怒在本雅明心里涌起:爸爸妈妈为什么不给他穿一件暖和一点的外套?他为什么没有帽子和手套?直到回去上课的路上他才感到自己也很冷,直到这时他才注意到他自己的外套跟弟弟的一样单薄。慢慢地他把各种线索都汇总在一起,通过观察周围来了解自己。家里的污垢;马桶周围地板上的尿渍,使得爸爸穿拖鞋上厕

---

① 瑞典的一种传统户外游戏。

所时会发出嘎吱嘎吱的声音；床底下结成团的灰尘，开窗时会在穿堂风中轻轻飞舞；孩子们床上渐渐发黄的床单，最后终于被换掉了；用自来水去冲水槽里堆满的脏盘子时，果蝇会不安地从盘子间的藏身处飞出来；浴缸里的一圈污痕，就像码头上潮水水位的标记；门厅鞋架旁的垃圾袋层层叠叠。本雅明开始明白，不只家是脏的，里面的人也是脏的。他开始把这些拼在一起，拿自己跟其他人比较。他经常坐在课堂上用自动铅笔头清除指甲里的污垢。这是一件消耗时间的事情，他喜欢它立竿见影的效果，他用金属做的笔尖小心翼翼地在指甲下面掏着，那些黑乎乎的泥垢就这么一条条消失了。他把这些泥垢收集起来，在桌子上堆成一小堆。可是当他去看班里其他人的指甲时，他没发现有泥。他们的手是有人照顾的，有人会负责它们的清洁，修剪它们。经常弯下身来跟他说话的美术老师，嘴里有一股咖啡的味道，洗涤剂的苹果香味留在了他穿的毛衣上面。有一回他请本雅明放学后留下来。本雅明坐在那里，老师在他坐的椅子旁蹲下，说有几次给本雅明指导作业的时候，他会闻到本雅明身上有汗味。他不想多加过问，但他知道班里都是青春期的孩子，会抓住每一个捉弄对方的机会，总有一天他们会取笑他身上的味道。本雅明认真地听着美术老师的话。他说，其实只要记住两条就可以:每天换袜子和内裤,每天早晨洗澡。当晚本雅明检查了自己的卫生状况,在没人看见的时候,他把手伸进毛衣里,掏了掏腋窝,然后闻了闻手,他第一次闻到了自己的汗味。突然间,他看清了很多事情。

外面阳台上,皮埃尔吸完最后一口烟,用大拇指和中指把烟扔了出去,它像一只萤火虫飞过阳台栏杆。他走了进来,默默地关上阳台门,大步穿过房间,然后走掉了。他走后,醋的余味留在了本雅明的房间里。

本雅明还躺在床上。停车场的路灯闪了一下,亮了起来。路灯一盏接一盏亮起,光透过百叶窗,在墙上形成细细的矛的形状。窗台上的一盏小灯发出微弱的光,在天花板上投下很多小点,看起来就像电视自然节目里见过的绿色海洋里发光的水母一样。

他倾听着郊区夜晚的声音,外面有两只狗在歇斯底里地冲对方叫。几个年轻男孩跑过广场去赶地铁,他听见他们在笑。还有几公里外高速公路上传来的遥远的轰鸣声,声音虽轻,但更有力。他该起床了。整个下午和晚上都被他睡过去了。他很累,想睡觉,但是一个人睡这么久一定是出问题了。他从床上坐起来,然后慢慢站起身,感到很冷,去衣橱里找了一件毛衣。他听到门外爸爸准备睡觉的声音。他总是会把手头的事情从浴室带到门厅,在那里刷牙,仿佛不想错过某件可能会在门厅里发生的事。然后他走进浴室旁边那间小小的厕所。当他意识到他上厕所的声音太响了,才把门紧紧地关上,仿佛带着怒气,好像是其他人忘记关门一样。他往马桶里吐了两口痰,用水冲掉,然后结束。重重的脚步声穿过门厅,本雅明从门缝里看见他穿着睡衣走过门口。爸爸停住脚步,低头看着地板。

"晚安!"他冲着屋里的人大声说。

"晚安。"妈妈在客厅里回答。

爸爸在那里站了一会儿,似乎在从她的语调中寻找某种东西,某种能够表示她也许还是愿意上去跟他待上一会儿的迹象,来块三明治再喝上几口。可是她的回答简短而明确,他应该明白这一次不行。本雅明听见他进了卧室。他们分房睡有几年了,妈妈说这是因为爸爸打呼噜太响。本雅明躺在黑暗中,听着这些熟悉的、总是反复出现的声音。他听见妈妈随即调低了电视声音,看见她把灯一盏盏关掉,让客厅暗下来。爸爸去睡觉后妈妈总是这样,因为她知道他也许睡不着觉,过半个小时他会起身打开卧室门,满怀希望地朝外看,寻找他的伴侣。而就在那一瞬间,她会迅速关掉电视,让客厅变成漆黑一片。爸爸没有走进客厅,只是朝门厅走了几步,然后又回去睡觉。妈妈会在黑暗中坐上一会儿,然后重新打开电视。

本雅明醒了。他躺在床上，但他不记得他回到了床上。他一定是睡着了。他从床上撑起来看收音机上的钟：午夜十二点十二分。他听见电梯的发动机在转，脑海里浮现出那个孤独的小小的立方体怎样穿过电梯井，在黑暗中上升。夜晚他经常躺在那里听它是如何在大楼内工作的，他熟悉所有的声音：门锁装置将门锁上，随后电梯开始运行的咔嗒声；有人不小心碰到警报按钮触发的愚蠢的铃声；当电梯到达某层后终于停下时轻轻的砰的一声。他知道是尼尔斯回来了。他突然想到这是最后一次听到他在电梯里发出那些熟悉的声音了。那独属于他的声音特征，那走在电梯与家门之间安静的脚步声，总是在电梯里就会响起的钥匙的碰撞声——这是他理性的典型反映，他想提前做好准备，不想浪费时间站在门外找钥匙。门开了，又关上。透过门缝，本雅明在黄色的光线中看见了他的哥哥。他浑身发着光，那是来自外面世界的光，它来自灰色的六月夜晚，来自卡车车斗，来自有着温暖啤酒的寒冷的户外派对，来自灌木丛中的调情，来自回响着汽笛声的火车站台，来自驶向郊区的一辆辆满载乘客的红色大巴。他站在那里，站在自己的光亮中，无法触及，已经离去。这是曾经住在这栋房子里的一个传奇。妈妈过来迎接他，他们进了厨房，本雅明只能听见他们之间模糊的对话。他听见冰箱门开了又关，是有人拿出了艾蒙塔尔干酪吗？他听见他们坐到餐桌旁时拖动椅子的声音，那穿过了三层墙壁的低沉的私语声，很难听清说了什么，但语调却无法忽略。温柔的元音，适度的沉默。本雅明冷静下来，他很难过，他感到心脏在跳，他知道他必须从床上起来，趁着机会还没有流失，他必须赶紧去厨房恳求尼尔斯：留下来。他必须告诉他没有别的选择，他必须留下来，否则老实说，他不知道会变成什么样。他知道尼尔斯的离去意味着某些东西将彻底破碎。因为如果一个家庭成员走了，他怎么可能修复好这个家？他还知道，尼尔斯的远行将意味着自己的危险。如果尼尔斯走了，那么有一个人就会从现实中消失，那是他肩膀上的一只手，一只把他按在原地的手。现在少了一个人来向本雅明保证，这个家是存在的，而他存在于这个家庭中。少了一个能够在餐桌上跟他交换眼神，能够无声地向他确认"你是存在的，这件事千真万确"的人。

他躺在那里，能感觉到后背压着床垫。他想，从这里到地面距离很远，三层楼，十米高，也许有十二米。如果这栋建筑倒塌，如果他不小心从阳台上直接掉下去，他应该承受不了这样的坠落。他往上看天花板，寻找某样可以抓住的东西；他摸索着床单和枕头，不然的话他将摔向天花板，以每小时上百千米的自由落体速度，径直落向水面，落向那些发光的水母。

他必须起来，必须跑出去。可是此刻，在一段没有任何理由去打断的对话中，他怎么能够这样做呢？这是他的任务，去确保家人会像妈妈和尼尔斯这样互相聊天，确保家人相亲相爱，确保一切都好。友好的话语如浅吟低唱一般穿过墙壁，如一曲乐观的歌谣，充满着爱，把他按在床上。他听见尼尔斯说了句什么，听见妈妈笑了起来。接着出现了一个新的声音，一扇门开了——爸爸醒了！他又出来在房子里转了一圈，看看有没有人愿意陪他一会儿。妈妈还没有意识到他起来了，因为本雅明还没有听出任何愤怒，没有刺耳的声音划破夜空。厨房里的聊天依然友好、冷静、亲密。他分辨出了那个他不明白的声音。他听到有什么东西在木地板上隆隆走过，看见尼尔斯的身影走过门缝，推着行李箱朝门口走去。本雅明不明白，他不是明天才走吗？他们总得一起吃早饭然后告别吧？现在是在干吗？

他看了看表。

早上七点二十分。

他必须赶紧起来！

爸爸从外面走过，身上不再是睡衣，而是穿得整整齐齐。

"你的东西都带上了吧?"他听到爸爸在说。

"是的。"尼尔斯回答。

一阵手忙脚乱摆弄行李箱的声音,门开了。本雅明想大叫,但却喊不出一个字来。

"再见了小伙子,"爸爸说,"照顾好自己,有空打电话。"

门关上了。

## 第十六章
### 8∶00

天空仿佛打开了一样,一场暴雨倾盆而下,打到了汽车上,大风紧接暴雨而来。本雅明从突如其来的昏暗、酒店屋顶旗杆上撕扯的旗子以及人行道上某位身体前倾、迎着恶劣天气行走的行人身上看出了大风的迹象。这是一场可能会把城市吹跑的大风,一场应该拥有名字的风暴。

而这场风暴来得快去得也快。三兄弟下了车,倾盆大雨过后空气清新。他们穿过墓地,泥溅到了墓碑上,水继续流入沟渠。小路很窄,那些死去的人紧紧地排列在他们走的碎石小径两侧。本雅明和尼尔斯肩并肩走着,皮埃尔落后他们一点,他自言自语地大声读着那些逝者的名字,偶尔会跟哥哥们讲些细节,给他们读刻在墓碑上的诗。

年轻的逝者尤其吸引他的注意。

"十二岁!"皮埃尔大喊。

他一边走,一边低头看那些墓碑,突然停了下来,本雅明听见他在喊:"天哪,这儿有一个七岁的!"

在一个小堤坝的后面,露出了一栋灰色的水泥建筑,那是火葬场。本雅明很久以前去过一个类似的火葬场,那是学校的一次研学考察,有几件事他永远也忘不了。他看见了冷藏室和冷冻室,棺材在烧掉之前停放在那里。逝者停成一排,等待化为灰烬。工业化的处理,还有来来回回运送棺材的小型卡车。工作人员间说着行话,他们搬运尸体时讥笑着,喊叫着,仿佛是在搬运水果一样。孩子们在高温中排好队,被炉子黄色的火光照亮了脸庞,看着一具棺材被投进火里。透过一扇小玻璃窗,他们可以看见火焰的愤怒,火将木头、布匹和肉体熔化在一起,将它们彻底毁灭。火葬场负责人拿出一个不锈钢的容器,有点像学校里盛饭菜的盆子。他有一把带长柄的铲子,用来铲人体遗骸。炉子旁边有一个篮子,管理员把炉火没能烧尽的东西放到篮子里,如牙齿里的汞合金填充物和棺材上的钉子。孩子们可以往篮子里看,管理员举着它,像举着糖果袋子那样抖几下。本雅明看到了髋部钉着的螺丝钉、假肢、胰岛素泵的残留物和起搏器——这些死亡的小饰品,沾满了灰烬。那个男人提醒孩子们，如果他们不想看可以不看。一部分学生把头转向墙壁，本雅明却认真地看着火葬场负责人把容器里骨骼上的残留物找出来。一些骨头完好无损，能看出它们的轮廓。那个男人用铲子将最大的几块分解开，随后容器被送进粉碎机。当那些细腻的粉末被倒进瓮中时，本雅明才猛然意识到，这并非他一直以为的那样是灰烬。这是被粉碎的骨头。

兄弟三人走进火葬场的门，一间小小的前厅像是接待处，柜台前没人。皮埃尔按了一下电铃，远处某个地方响了一声。本雅明看了看四周，他们仿佛置身于工作与私人生活结合的中心，这里既是一间办公室也是一个茶水间，柜台上摆着打开的日历和被咬过的铅笔，墙上挂着一张曲棍球队的照片。一个男人从火葬场的里屋走了出来，这立刻让人感觉到，这里对死亡的处理方式跟殡仪馆完全不同。葬礼承办人身材细瘦，穿着黑色衣服为寡妇倒咖啡。而这个男人走路时钥匙串哗哗作响，身上的牛仔服只有两侧还剩下一点蓝色。

"我们是来取我们妈妈的骨灰瓮的。"尼尔斯说着，从电脑包里拿出一个文件袋，将文件铺在柜台上，把其中一张递给那个开始在电脑上敲敲打打的男人。

一阵沉默。

"好的,"他说,"她在我们这儿,是的。不过她今天要下葬,是下午,对吧?"

"不,我们改了,"尼尔斯说,"我今天一早给你们打过电话,取消了下葬。"

"奇怪,"那男人说,"我们没有收到过消息。"

"我确认过了。"

那男人在电脑上敲打着,往前探着身子,辨认上面的信息。一台收音机在旁边的房间里开着,更远的地方回响着咔哒声,好像是手枪射中飞机库的声音,接着是巨大的响声。对本雅明来说,他们在这里唯一的顾虑是:棺材好像太大了,塞不进火化炉的炉门。

"你打电话的时候是谁跟你说的?"那男人在电脑旁问,"不会是我。"

"我不记得了,但就是没多久之前。"

"是吗?"他说,"这我就不明白了。"

尼尔斯又在文件中翻找起来,拿出新的文件,把它们并排放在柜台上。

"这是给郡行政委员会的声明,我们在上面写着,我们打算自己为妈妈下葬,想要取走骨灰瓮。我填了这张表,今天早上用电子邮件发出了。"

柜台后面的那个男人没有碰那些文件,只是探出身子读上面的内容。

"这不是通知,"他说,"这是申请。你们必须得到郡行政委员会的批准。"

"什么?"

"你们不能就这样过来把骨灰取走。你得弄一份申请,请求自己去撒骨灰,写上你想在什么地方撒,还得附一张地图,如果是去大海撒就附航海图。然后委员会会看,通常差不多一个星期后他们会联系你做出答复。"

"很抱歉,我们等不了一个星期,今天必须做。"

"我不能把骨灰给你们,除非我知道这件事已经被委员会批准了。"

"你就不能看看这些文件吗?你看这又没什么奇怪的,我们的时间很紧。"

"我们有一句谚语,"那个男人拿起文件,把它们堆成一摞,说,"'每件事都有自己的时间,事情得一件一件做。'事情已然如此,急是急不来的。"

尼尔斯非常短促地笑了一下。他有条不紊地把那些文件装进文件袋里,把袋子扣好。

"事情是这样的,妈妈本该今天下葬,昨天晚上我和我的弟弟去了她的公寓,想看看那里有没有什么我们想要的值钱的东西,然后搬家公司会来把所有东西扔掉。我们在妈妈写字台的最上层找到了一封信，上面写着'如果我死了'。"

尼尔斯重新打开文件袋，拿出一个信封。他将信递给那个男人。

"你不需要读整封信，但你看这儿。"

他指着最后一段说。

"妈妈在这里清清楚楚地写了，她不想在这儿下葬。也就是说，她不想举办那个我在过去两周全力以赴筹备的葬礼。没有人比我更希望她在今天下午下葬，但现在我们只想遵循妈妈最后的愿望。所以我们今天必须停止下葬，必须把骨灰瓮取走。"

那个男人默默地动着嘴唇，在读信上的内容。

"哎哟，"那男人说，"我明白这给你们添麻烦了。"

"是的，"尼尔斯说，"我们度过了一个漫长的夜晚。"

"我可以想象，"那男人说，把信还给尼尔斯，"但我很抱歉，把骨灰瓮给你们是不合法的。"

他把手摊在柜台上，卷起来的衬衫袖子露出皮肤上已经褪色的旧文身。

"这事关对死者的尊重。"那男人说。

这时房间里一阵沉默。尼尔斯低头看放在他面前的文件袋。皮埃尔往前走了两步，站到柜台前正对男人的地方。本雅明立刻从皮埃尔的姿势中看出了端倪,他的脖子缩进肩膀,声音压低在喉咙深处,几乎哽咽。

"不管怎样,我们能不能看一眼骨灰瓮?"他说。

"可以,"那男人说,"你们当然可以看。"

"骨灰瓮在哪里?"

"在放骨灰瓮的房间里,稍等。"

男人在电脑里搜索了一番,为了记住信息,他自言自语地嘀咕着一串数字,转身走了。本雅明听见后屋传来一阵钥匙串的哗哗声,过了一会儿他回来了。骨灰瓮是绿色的,是铜做的,又圆又光滑,盖子上有一个火炬形状的把手。男人将骨灰瓮放在柜台上,接下来的一切发生得太快了。皮埃尔一把抢过骨灰瓮,将它抛给本雅明,然后加速冲向柜台,翻过去,将那个男人摔倒在地,压在他的身上。

"你这老鼠。"他说。

男人龇牙咧嘴地扭动身体,试图挣脱出来,但皮埃尔的力气很大,他用胳膊按着男人的脖子。

"该死的,皮埃尔。"尼尔斯说。他瞥了自己的弟弟一眼,想了一会儿,然后抄起文件袋,转身朝门口走去。"真是个疯人院。"他自言自语地走了。本雅明仿佛被钉在地板上一样,他看着尼尔斯走出房间却又不能跟着,看着皮埃尔打火葬场的男人却没法插手。他只能站在那儿，看着此时此刻发生的这不可理喻的事情。他看着皮埃尔的愤怒。他不知道这意味着什么，不了解这种愤怒的力量，不知道现在皮埃尔能做出什么事来。皮埃尔用膝盖抵住男人的后背，往前探过身去，在他耳边小声说：

"我们的妈妈去世了。"

"放开我！"那男人大叫道。

"闭嘴！"皮埃尔吼道，"我们的妈妈刚刚去世，而你说我们没有权利拿到她的骨灰？"

皮埃尔不得不按住他，将他的胳膊反扭过来，让那男人完全不能动弹，脸贴在地上。过了一会儿那男人放弃了，停止了挣扎，很快就一动不动了。本雅明可以听到他重重的呼吸声。

"现在我很快就会放手，"皮埃尔说，"到时你躺在这里别动，明白吗？一厘米都别动，不然的话我会再让你好看的。"

皮埃尔缓缓地放开了手，站了起来。男人依旧趴在地上。

"老鼠。"皮埃尔说，从柜台里翻了出来。"来，本雅明。"他说。

皮埃尔从本雅明怀里拿过骨灰瓮，兄弟俩走了出去，快速走过碎石小路,经过那些墓碑。本雅明看见了汽车,漆面上全是雨滴,随意地停在窄窄的路上,右侧的两个轮子停在柏油路上,左侧的两个轮子陷进绵软的泥土。皮埃尔打开后备箱,本雅明将骨灰瓮放了进去。他沿着车身走,尼尔斯坐在后排,凝望着水泥色的天空。他们上了车,开走了。

"爸爸的墓怎么办?"本雅明问。

"现在来不及办这事,因为他们很有可能会来追我们,"皮埃尔说,"但我可以开车经过那里。"

本雅明拿起他放在仪表盘上的郁金香花束,手指摸着粗糙的花茎。爸爸妈妈喜爱郁金香,因为它们象征着春天的到来。三月与五月之间的每个星期五,只要爸爸记得,他都会买一束郁金香,把它们放在餐桌上,等妈妈下班回家。那儿是墓地最高的一棵桦树,下面葬着爸爸。他们一直是这么定的,他会葬在那里。三兄弟缓缓地开过那棵树,看见了爸爸的墓碑,一块很结实的石碑,上面寥寥几个字总结了他的人生。

"你们看见那个洞了吗?"皮埃尔说。

在爸爸的墓旁,地上挖出了一个圆柱形的洞,刚刚适合一个骨灰瓮的大小。管理员干得不错,一切都是为了今天下午准备的,妈妈要在那里下葬。一缕雾气从森林里飘了过来,那棵粗壮的桦树把自己的叶子浸到墓穴周围的地面上,本雅明想起很久以前的事情,在爸爸妈妈的卧室里,一排纸板箱沿着墙壁堆放——他们是刚刚搬去那里吗?爸爸妈妈把东西从纸板箱里拿出来,然后突然冲到没有铺好的床上,一边笑一边争抢,因为他俩都想睡在同一边,睡在右边。他们喊叫着打闹,在床上滚来滚去,滚着滚着就接起吻来。尼尔斯很尴尬,走出了房间,而本雅明仍然站在那里,他不想错过什么。此刻本雅明朝爸爸的墓地望去,看见妈妈即将得到的右边的位置。他们原本会在那里一同安息,可是妈妈的那封信改变了一切。再过几个小时管理员就会回来,带着新的指示,把洞重新填上,完成妈妈的背叛,让爸爸永远孤独地留在那里。

他们拐出墓地,很快就上路了。一辆汽车载着兄弟三人和一个盛着妈妈骨灰的铜罐。他们穿过城郊,越过外环和无数的红绿灯,开上了高速公路。他抬头朝沿着高速公路延伸的大型输电线望去。车窗外那些黑色的线缆缓缓地沉入窗外夏日的天空,然后又升起来,在巨型钢架顶端的地方到达最高点。那些钢架立在公路两边,每隔一百米一座。过了最高点后那些电缆又俯冲下去,仿佛在向下方的草地屈膝致敬。

## 第十七章
### 逃犯

这一天是以滑雪旅行的承诺开始的。那是三月的一个星期日,本雅明过完二十岁生日的两周之后。他坐在厨房里,看爸爸给他自己弄早餐。爸爸穿着浅色的晨袍,上面毫不留情地沾满了经年累月做早餐留下的各种污渍,到处都是他的头发,眼镜挂在胸前的带子上。他把一个鸡蛋放进滚水中,因为力度太大蛋裂开了,他嘟哝了一句"该死的"。面包从烤面包机里弹起来的时候,烧水壶也开始叫了,他在两个任务之间不知所措了片刻,但是很快就理顺了这些事情,端着他的托盘来到本雅明房间外狭窄的阳台上。本雅明跟在后面。空气清新、寒冷,只有当微风停止后才能感受到太阳的温暖。坐在外面太冷了,但爸爸不介意，他总是说他不想错过春天。

"坐下来，把你的脸对着太阳，"爸爸说，"真舒服啊。"

"不了，我给你留个地方吧。"

"你确定吗？"爸爸说。

他记得他们就这样在外面，家里其他人还在睡觉，他看见早晨的轮廓变得越来越清晰。爸爸喝着茶，闻起来像焦油和毒药，在寒冷中冒着热气。他朝被雪覆盖的停车场望去，停车场后面的森林将湖围了起来。他记得爸爸闭了一会儿眼睛，把头后仰靠向房子的外墙；他记得他剥鸡蛋的样子，每敲开一个新的鸡蛋，他都能从热气沿墙面飘走的路径看出风的方向。

"今天我们要不要做点什么，就你和我？"爸爸说。

"好啊，做什么呢？"

"我不知道，"爸爸说，"我们去越野滑雪吧？"

本雅明疑惑地看着爸爸。

"越野滑雪？我们有越野滑雪板吗？"

"有啊，当然有。它们肯定还在，我觉得就在地下室里的某个地方。"

有一段时间他和爸爸经常出去野外滑雪。滑雪板白色的痕迹穿过黑色的森林，延伸到广阔的田野，那里可以俯瞰整片山谷，爸爸被那里的景色迷住了，不得不停下来，呆呆地看上一会儿。他们拿出食品袋,里面装着双层鱼子酱三明治,鱼子酱从面包的边缘挤了出来,粘在塑料纸上。还有橘子,他们用冻僵的手指剥橘子皮。然后他们下了坡,太阳低沉,雪粒晶莹。下坡的速度很快,他们冲进树林,那里安静、空旷、死寂,但是滑雪道上有动物爪子和蹄子的痕迹,仿佛在没人看见的时候,森林有着秘密的生活。他们带着红扑扑的脸回家,躺上沙发,爸爸用手掌揉本雅明的双脚,仿佛揉肉丸子一样,好让它们重新暖和起来。

"能够再去滑雪真是太棒了。"本雅明说。

"当然。"爸爸说。

"只有你和我。"本雅明说。

"对,只有你和我。"爸爸说。

本雅明在地下室里找到了爸爸的滑雪板,但他自己的不见了。不过现在它们对他来说也许太小了?他们决定去购物中心给本雅明买新的滑雪靴和滑雪板。他们穿过停车场,踩着雪走在去往购物中心的碎石路上。就在他们走到没有水的喷泉那里——夏天露宿街头的人常常会在那里吵架——爸爸突然抱住了头。他跌跌撞撞地向前冲去,摇摇晃晃地转了一圈又回到了原地。本雅明扶住了他。

"怎么了?"他问。

"没什么,"爸爸说,"只是我的头好痛。"

爸爸皱着眉头站了一会儿,低头看着雪地,然后他弯下腰去捡掉在地上的帽子。这时他倒了下去。本雅明扑向他,把他的身体侧过来,试图控制住他不停晃动的脑袋。

"我不知道是怎么回事,"他小声说,"我脑袋里好像有什么东西炸开了一样。"

这就是爸爸中风那天早晨的情景。

急救人员来了,他们冷静的样子让本雅明平静下来,因为如果一个人快死了,他们不会这么慢悠悠地工作。他们从车里下来,检查了爸爸的情况,然后懒洋洋地打开后门,拉出一张闪闪发亮的金属担架。他们让他躺下,用一个环扣在腹部,将爸爸绑在床上。爸爸睁大了眼睛打量身边发生的一切。一个救护人员轻轻地把他的手搭到了爸爸的胳膊上,这才引起了他的注意。爸爸直直地盯着他的眼睛。

"你中风了。"那男人说。

"那是什么?"爸爸说,仿佛这是一件有趣的事情。

救护车不能有人同乘,他们把爸爸推进车里,本雅明站在旁边看着。他们目光相遇了。爸爸牵起本雅明的手,像拿着一面彩旗挥舞。"我们该去滑雪的。"他说。

门关上了,救护车缓缓开动,穿过广场上好奇的人群。

晚些时候,皮埃尔、本雅明和妈妈围在医院重症监护室爸爸的病床旁边,医生来了,带来了明确消息:一切还算不错,爸爸脑子里轻微出血,CT扫描显示大脑功能没有受损。他的获氧能力仍然比较弱,这让医生有点担心。爸爸要在医院里监护几天,如果一切顺利,他很快就能回家。

住在城外的尼尔斯一个小时后赶到医院,带来了一个戴假发的女人。本雅明知道她是谁,他们之前见过一次,在大约半年前,当时是一个星期天,尼尔斯带她来爸爸妈妈家吃晚饭。"你们也许在想我为什么要戴假发吧?"晚饭开始没几分钟她就这样说。他们确实是这么想的。那顶假发是金色的,偏白色,带着一个非常特别的刘海,让人一看就知道那不是她真正的头发。那女人解释说,这正是她戴这顶假发的目的。她有脱发症,在一个大多数人都会为脱发感到羞耻的世界,她决定背道而驰。她说,她一点也不觉得羞耻。她用她掉下来的头发做了这顶假发,来作为她身份的一部分。她语速很快,让人没法插话,本雅明担心妈妈很快就要对她失去耐心了。她一边说话,一边在桌子上面抚摸尼尔斯的胳膊,用她长长的指甲轻轻地挠他。尼尔斯起身去给水瓶加水,本雅明看着他朝厨房走去,他身上带着一种本雅明不认识的自信。那顿饭吃到尾声时,女人干脆摘掉了假发,把它放在旁边的桌上。她没有说什么，所以其他人也都没有说什么，但是那种令人不舒服的沉默仿佛一个盖子笼罩了一切，盖住了刀叉与碗碟的碰撞声，盖住了所有人偷偷打量她光秃秃的脑袋的目光。桌上的蜡烛照亮了她的脑袋。她坐在那儿，那个有假发的女人，此刻没戴假发了，坐在这个家的内室里，穿过了所有拱门，就像一股无法抗拒的力量。她也许是想活跃气氛，或是给人留下印象。有那么一阵子她可能成功了，可是当她走后，过了一阵子，一切又恢复成了原来的样子，就好像我们搅拌糖浆一样。

戴假发的女人跟尼尔斯手牵手进了医院，她跟家里每个人都抱了一下。这是好几个月来本雅明第一次见到尼尔斯，不过可能多亏了有她在，这场见面比本雅明想象的要容易一些。爸爸有点震惊，他的目光越过可移动的床头柜，仿佛在寻找什么，就像夏天在小屋的那些下午他觊觎别人盘子里的食物一样。他看着自己的孩子。

"救护车真可怕。"爸爸说。

"我知道。"本雅明回答。

本雅明把盛着果汁的杯子递给爸爸，爸爸用吸管吸着，表情若有所思。他抬头看着天花板。

"不过救护车上那些人挺好的。"爸爸说。

"你们说什么了？"皮埃尔问。

"主要是他们在问，问了很多问题，让我做了很多蠢事，想看看我的状况。"

"什么蠢事？"

"他们问我能不能笑一下，我当然能。然后请我伸出手，在空中停留五秒钟。接着请我重复一个简单的句子，来检查我是不是口齿不清。"

"什么句子？"本雅明问。

爸爸回答了他，但是本雅明听不懂他说的是什么。

过了一会儿爸爸累了，想休息。他睡着后，一家人离开了医院，妈妈说她第二天再来，但本雅明留下来了，照看睡着的爸爸。白天过去了，天早早地黑了，房间变得很昏暗。门缝的下边透进来一条暖黄色的光带，有人从外面走过时会有黑色的影子穿过光带。后来爸爸醒了，勉强坐起来，说要喝草莓汁。那天晚上的情形就是这样，他们一起坐在那里，窗外静静地下着雨。这场最后的对话原本也许可以利用得更好。肯定有一些话是本雅明事后觉得原本想说的，或者有一些问题是他原本想问的。有一些记忆需要爸爸来帮助整理——那些很久以前他听爸爸说过或做过，但至今仍不明白的。可是他们没有聊过往的事情，以前没有，现在也没有，因为他俩都不知道该怎么做，也许不必说什么，这样的沉默可能就是他们在一起时最美好的东西。因为此刻只有本雅明和爸爸,不在妈妈的视线范围内,他们既自在又纯粹,就像两名成功越狱的狱友,此刻正在平复自己,一起品尝这份宁静。他们没有说话,没有真正地交谈。但是当他们清醒地环顾屋里的一切,目光会不时地交汇,互相朝对方笑笑——这一天对他们来说也许仍然是幸福的。

"这件事好蠢啊。"爸爸说。

"什么事?"

他抬起双手,朝病房做了一个手势。

"这件事。"

"嗯,是挺蠢的。"本雅明说。

"对咱俩来说也挺蠢的,"爸爸说,用湿润的眼睛看着本雅明,"我们本来要出去打猎的。"

爸爸说他累了,侧身躺了下去,入睡一小时后,他第二次中风了。剧烈的呼吸、皱起的眉头、开始鸣叫的机器和突然拥入房间的人,是发病仅有的信号。在这一通忙乱之中,本雅明被挤到了墙边。随后一位医生把他拉到走廊上,告诉他你爸爸这次挺不过来了。本雅明给其他人打电话,大家一个接一个地回到病床边。皮埃尔是最晚来的,他冲进门,吃惊地发现没有人在抢救爸爸的生命。

"这儿没医生吗?"皮埃尔问。

"不用了,"妈妈说,"他们无能为力了。"

一片吵闹声中,有人把爸爸的床头升了起来。他斜躺在那里,头垂向床边。

"他为什么这样躺着?"

"这是……"妈妈没再说下去,做了一个手势,仿佛能用它解释这个问题一样。

尼尔斯和戴假发的女人站在房间后面的阴影里,人靠在墙上。那女人的假发就像一个昏暗的光源,她穿着一件薄衬衫,下摆塞在裙子里,透过衣服可以看到她的乳头。一台机器旁还站着一个护士,好像在测爸爸的脉搏。

本雅明坐在爸爸身边的床沿上,一只手放在他的头上。爸爸变了,好像突然瘦了,脸颊凹陷了进去,眉头紧锁,仿佛梦到了什么不愉快的事情。本雅明轻轻地晃动他的肩膀,轻声说:"爸爸,我在这里。"

他把头靠在爸爸的胸口,听他的心跳。本雅明闭上眼睛,脑海里浮现出那间小屋,还有通往湖边的小径。爸爸站在船坞旁,解一个缠住的网,四条鲈鱼让网打了结。本雅明帮爸爸拎着网兜,等鲈鱼掉出来的时候把桶递过去。阳光照在桦树间,在爸爸的白色 T 恤衫上洒下斑驳的图案。爸爸聚精会神地站在那里,突然抬头看着本雅明,仿佛忘了他之前在那里。他们相视一笑。"有你帮我真是太好了。"爸爸说。只有本雅明和爸爸。风在桦树间沙沙作响。

湖边的午后很热。爸爸和本雅明把毛巾并排铺在岸边，他们刚刚游完泳，仰面躺在那里晒太阳。爸爸问他可不可以把手放在本雅明的肩膀上。本雅明想知道为什么，爸爸回答："知道你还在这里，让我很安心。"随后爸爸把手搭在了他的身上，轻轻地压着他。他闭上眼睛，有一种无忧无虑的感觉。

他紧跟着爸爸沿着水边走，去桑拿房那里。爸爸喊着皮埃尔和尼尔斯，你们想跟我们一起蒸桑拿吗？没有人感兴趣。一团小火燃了起来，本雅明胸口的某个地方燃起了火——他俩可以待上一会儿了，只有他和爸爸。他们进了桑拿房。"你坐在窗边吧，"爸爸说，"我想让你看到整片湖的景色。"爸爸告诉本雅明，往加热器上倒水的时候应该仔细听，因为你能听到石头的低语。爸爸朝空中伸出一根手指，水蒸发时发出嗞嗞的声音，爸爸小声复述着石头的窃窃私语："照顾彼此。如果太热了，一定要出去。"他们把双手举在窗前，伸展开。"我就是你。"爸爸说。

本雅明躺在爸爸胸口，尝试听爸爸的心跳。每一个新的想法都是从那间小屋开始的。这么多年来，他第一次感到一种回去的渴望。他想去湖边，清掉船上的水，把它推进湖里,看爸爸的头发在风中飞舞。他抬头看监护仪,爸爸的脉搏是三十五。本雅明想不通,脉搏到了三十五人还能活着吗?它降到了三十四,然后是三十三。护士将仪器转了过去,这样家属们就不用看到上面的数字了。几秒钟后,她点了点头,言简意赅地说:"好了。"

妈妈飞快地确认了一下。

"爸爸走了。"她说。

本雅明抬起头,看见皮埃尔站在屋子中央,仿佛决定要走到爸爸面前但又后悔了。他双手插在牛仔裤兜里,昏暗的灯光下,他的哭泣看起来像是在笑一样。尼尔斯缓缓地走近。他的女朋友走上前来,坐在床的另一边。她脱下假发,把它放在身旁,弯下身子在爸爸的额头上亲了一下。一道刺眼的闪光灯打在墙壁上。尼尔斯拿出了一台小照相机,他站在床脚,一张接一张地拍照,刺眼的闪光灯每次都照亮了房间。

本雅明看着自己的父亲。就在这时,在爸爸临终之际,他想起了这天早晨爸爸答应他去滑雪时发生的事情。他突然意识到,为什么无论怎样,他都如此深爱着他的爸爸,如此喜欢跟爸爸单独相处。正是那些时刻,多年来赋予了他动力,让他始终坚持站在生活中正确的一边。那是一扇窗户被打开的时刻,只属于本雅明和爸爸的机会出现了。他们一起制订计划,一起兴奋地小声谈论他们要做的事情。逃跑近在咫尺。

很快就要发生了。

很快就只有我们了,我和我的爸爸。

## 第十八章
6：00

　　他穿过空荡荡的街道离开市区，来到城市上方二十米高的水泥高架路上。五条车道中只有一辆孤独的汽车。这是一辆租来的、还没完全熟悉的车，他想打转向灯却误开了雨刮器，他还不熟悉换挡杆和离合器，在城区等完红灯用高速挡起步时，那声音让他想起爸爸有时候挂不上三挡，不小心挂到一挡时，车会抖一下，发出绝望地轰鸣。妈妈会大喊她受够了。他很快到了乡下，那里有草地、牧场，还有旭日下闪闪发光的电栅栏和黎明中长着高芦苇的湖泊；一片明黄色的洼地突然出现，长满了油菜花，随即又消失了；牛棚那里飘来牛粪的气味；带白色墙角的红房子被麦田包围着，拖拉机在田里留下一道道车辙。他开了快一个小时,跟随着导航系统中女声的指示。她那冷漠的声音里或许藏着别的什么东西,一种谨慎的反抗:你真的确定要这么做吗?他经过一个个小村镇,那里挂着匆忙搭建的跳蚤市场招牌,经过道路两旁长满了节疤的树干,仿佛开在一条通往庄园的永无止境的大道上,一条条平整的路通往一条条不平整的路。他开得飞快,翻过一个坡顶,路中央站着一头马鹿,它就好像在那里等他一样。他赶紧刹车,车胎发出尖叫,车在离马鹿几米远的地方停住了。这头马鹿没有受到惊吓,没有蹄子踩着路面慌乱地逃进森林。它静静地站在原地,往驾驶室里看。急刹车导致发动机熄了火,本雅明重新发动,马鹿对发动机的声音没有做出任何反应,甚至当本雅明空踩油门的时候,它都没有任何准备走开的样子。这是一头硕大的马鹿,有两米高,也许更高?本雅明没见过这么大的马鹿。它双腿分开站在那里,表情平和镇静,仿佛是故意挡在路上,在守护身后的什么东西一样。红棕色的毛皮,头上的大角像冬天的树枝。太阳低斜,树梢上笼罩着蓝灰色的乌云,这些让这头马鹿的眼睛闪着漂亮的光芒。跟一头这样的庞然大物目光交汇有一种特别的意味。本雅明记得有一年冬天的傍晚,他跟爸爸和哥哥弟弟一起在车上,雪雾让柏油路面变成了白色,路两旁是树林,臃肿的桦树紧挨着被雪压弯的冷杉树。突然，一头小麋鹿出现在路上，它被冻僵了，就像一幅静止的画。爸爸开得太快，没来得及刹车。麋鹿被车撞到，沿着车身飞过，消失在车的后面。爸爸停下车，下到雪地里查看那头麋鹿的状况。孩子们看着爸爸消失在黑暗中，而他们坐在车里等。双闪灯把树林染成了黄色。过了一会儿他回来了，那头动物不见了。大家都下了车，沿着公路两边寻找，最终找到了那头麋鹿。它一瘸一拐往树林里走了几米，此刻躺在了地上。本雅明记得它的眼睛。那双眼睛又湿又亮，仿佛哭过一样，淡淡地面对一切即将结束的命运。它没有试图站起来，只是躺在那里，看着路上出现的四个人，这四个人也看着它。爸爸去后备箱翻找什么，随后带来了一个千斤顶。他拿千斤顶做什么？他让孩子们转过身去，不要看。"抬头，"爸爸说，"看星星。"于是他们抬起头，嘴里冒出白气。夜色清朗，下一座小镇离得很远，没有灯光干扰，星星们朝他眨着眼睛，仿佛宇宙试图从四面八方引起他的注意。天上的一切仿佛都在向他靠近，星空在挤压他的面颊，可以听到银河发出的宇宙膨胀的声音，这声音一直传到地面，是一种持久的吱吱声，就像人们拉弓时弓弩发出的声响。常常感到置身事外的他，在这一刻体会到这一切都跟他和他的兄弟们有关。爸爸拿着千斤顶走进树林，他们站在原地面朝吱吱作响的星空——这一切都跟这个瞬间有关。

爸爸跳到路上,大喊:"过来,孩子们!"他快速地朝车子走去,将工具扔进后备箱。本雅明朝那头小鹿躺着等死的地方望去,可是那里再也看不到闪闪发亮的眼睛了。回到车上,三兄弟一言不发地坐在后排座上,爸爸用沾满血的双手砸了两下方向盘,然后哭了起来,像一个孩子那样哭喊,他就这样一路开回了家。

本雅明从车里下来,缓缓地靠近那头马鹿,马鹿朝树林里看看,又转头看看本雅明。他靠得非常近。他轻柔地把一只手放到马鹿的鼻子上,它站着不动,看着本雅明的眼睛,静静地呼吸,温暖的气息穿过了本雅明的手指。夏季黎明清冷的空气被马鹿的肺温暖了。他记得他差点在冰冷的水里淹死那回,他失去了意识,后来是被流到他手上的热水弄醒的。那种感觉太美妙了,他还想要更多的热水,继续温暖他的身体。后来他才明白,他是把吸入肺里的水吐出来了,所以那水是暖和的,是他的肺温暖了那些水,然后又被他吐了出来。

马鹿用鼻子在本雅明的手里喷了一下,然后走开了,不安地迈出几步穿过了柏油路,但是当它走到沟渠边的时候,它开始自信地在树林间穿行。往林子里走了一小段之后它停了下来,回过头,看着本雅明,然后又走了。本雅明的目光一直跟着这头马鹿，直到看不见它为止。他上了车，继续往前开。导航系统里的那个女人——她无声无息地看着这一切——此刻又重新开始了她那低沉的导航。过了一会儿她变得更有力了，右转，然后左转，然后再右转，然后本雅明来到了他哥哥的房子前。本雅明朝那栋小楼望去，它被一圈白色的栅栏包围着。他按了两下喇叭，看到门边的窗户里好像有人动了一下。尼尔斯已经在这里住了很多年，但本雅明是第一次来这里。这比他想象的要小，一栋砖砌的平房，前面有一个小院子。院子里只有一棵苹果树。过了一会儿尼尔斯出来了，肩上背着一个包，手上拎着他昨天见过的袋子，里面是他们在妈妈冰箱里找到的几块冷冻的馅饼。尼尔斯手里还拿着一个碗。他站在小门廊的台阶上，吹了声口哨，没过多久一只猫就沿着墙壁悄悄跑来了。尼尔斯跪下来，把碗放到地上。那只猫围着碗绕了一圈，又闻了一下，然后走开了。它变得很肥。本雅明记得兄弟们把它从城外一家宠物救助所带回来的样子。他们立刻就爱上了它。他们试着分辨这只猫是什么颜色的，宠物救助所的负责人——一位皮肤又干又红，好像发炎了的老妇人——说这只猫的颜色叫"就像咖啡加奶过多"。本雅明笑了起来，因为这很贴切。尼尔斯朝车子走来，把行李装进后备箱，把装满食物的袋子放到后排座上，然后坐到本雅明旁边的副驾驶座位上。

"不管怎样，吃的我们是带够了。"本雅明说。

尼尔斯飞快地看了一眼本雅明，仿佛是为了判断他的心情。本雅明微微一笑，尼尔斯笑了起来，用手捋了一下头发。

"馅饼就是这样，只要吃上一个，就想再吃一个。"他说。

本雅明抬头朝房子望去，看见那只猫又走近了装猫粮的碗。

"一切都好吧？"尼尔斯问。

"都好，"本雅明说，"我看见了一头马鹿。"

"马鹿？"

"是的，它站在路中央，我赶紧刹车，还差几米就要撞上了。"

"哇哦。"尼尔斯说。

"没错，它差点就下地狱了。"

接着是兄弟间的沉默，空调发出微弱的嗡嗡声。本雅明把两只手都放在方向盘上。一堵乌云墙正在逼近晴朗的蓝天。他把车开进尼尔斯的停车位入口，调了个头，缓缓把车开上来时的路。

"如果可能，请调头。"导航系统的女声说。

可是太晚了，这会儿已经逃不掉了，已经开始的事情停不下来了。

"那我们就这样吧。"他说。

"那就这样。"尼尔斯说。

于是在这个清晨，他们开车经过一栋栋沉睡的屋舍。当他们来到将田野分割开的大路上时，本雅明发现他们正在朝一场风暴行进。乌云很低，仿佛雨水把它们压了下来。此刻依然有太阳，但却可以清楚地看到城里正一片混乱。本雅明看了看表。他这辈子都没什么事干，突然间一切都在同一天发生了，这一天必须容纳那么多事情，时间那么紧。就在一个坡道后面，本雅明看见路面上的两条刹车印。他放慢速度，确认了一下位置，大喊道："就是这里！"正在看手机的尼尔斯抬起头看。本雅明倒车停在了刹车印的前面。

"我就是在这里急刹车的！为了那头马鹿。"

"哦，该死的，"尼尔斯说着，往前探出身子去看，"这车刹得可真够猛的。"

本雅明看着路面上那两条平行的黑色印子。他朝森林望去，把手放到鼻子前，闻指尖的味道，上面还留着一股淡淡的鹿的气息，然后继续开车。

"这是真的。"本雅明嘀咕道。

"你在说什么?"尼尔斯问。

"没有,没什么。"

但确实有什么。因为就在马鹿跑进森林的那一刻,本雅明就开始怀疑这件事到底是不是真的,或者是不是他想象出来的。他不知道,没法判断。就在刚才他听到自己给尼尔斯讲这件事的时候,他也无法相信自己的话,觉得这听起来很不可思议。当他们离开尼尔斯家的时候,他确信这一切都是他想象出来的。可是现在这里有刹车印,就仿佛事实想要通过柏油路面上的印子来向他证明:这是真的。他坐在车里,哥哥坐在他旁边,阳光照在背上,远处的前方有暴风雨,在一片他无须与之搏斗的沉默中,他很久以来第一次感觉到放下了心事。"我很高兴我们这样做。"本雅明说。

"我也是。"尼尔斯说。

他打开车载收音机,里面在播一段他熟悉的旋律,他用拇指在方向盘上轻轻地敲着节奏。他们离大城市越来越近,在城市上方高高的高架路上行进,仍然只有他们一辆车,仿佛这五车道的路是专门为他们修的,为了让他们能够畅通无阻地完成这场重要的旅行。来到城里,咖啡馆老板正将铁皮卷帘门升起来,解开户外座位上绑着的钢索。兄弟俩把车停在皮埃尔家的大门外,等了一会儿,最后尼尔斯打了电话,他很快下来了,带着一个小包和一个装西服的袋子,把它们扔进了后备箱。

"该死的天气马上就要来了。"皮埃尔说着上了车。

"用词到位,"尼尔斯说,"确实。"

"谢谢。"皮埃尔说。

本雅明笑了起来。

他拐了出去,小心翼翼地驶过停在路两旁的汽车。皮埃尔在玩手机,他请本雅明把手机连上汽车音响,然后点开了一首本雅明立刻就能听出来的歌。

"我觉得它可以成为我们这趟旅行的配乐。"皮埃尔说着,咧开嘴笑了。这首歌是卢·里德①的。本雅明想到他们将要做的一切,想到他们面前巨大的重担,想到兄弟三人通过车里的音乐紧紧联系在一起,被这具有讽刺意味的歌声保护着,他笑了。他们轻声地跟唱:"你让我忘掉了自己,我觉得我成了其他人,成了某个好人。"当副歌部分即将到来时,他们往肺里鼓足了气。皮埃尔大喊"再大声一点",摇下车窗,三个人全都一边笑一边唱:"噢,如此完美的一天,很高兴跟你一起度过。"皮埃尔伸出手,

---

① 卢·里德(Lou Reed,1942—2013),全名路易斯·艾伦·里德(Lewis Allan Reed),美国摇滚歌手、吉他手,前"地下丝绒"(The Velvet Underground)乐队主唱。

在空中比画着V；当然，尼尔斯要内敛一些，不过本雅明看着他，看见他在声嘶力竭地唱着："如此完美的一天，是你让我能够坚持下去。"

他看着自己的哥哥和弟弟，他觉得他爱他们。

他们穿过城区往南开，朝墓地开。兄弟三人要去拿妈妈的骨灰。歌声通过差劲的音响，回荡在这个忧伤的早晨。来到一个红绿灯路口时，灯突然变红了，本雅明来了个急刹车。

"喂！"皮埃尔大喊，"慢点开。"

"我们可不想再出什么状况。"尼尔斯说。

皮埃尔从手机上抬起头。

"什么？"皮埃尔问，"什么叫再出状况？"

"之前本雅明差点撞到一头马鹿。"

"真见鬼。"皮埃尔说。

"几乎就撞上了。"本雅明说。

本雅明想到了那头马鹿，想到了乡间公路上他俩那一小段奇怪的时光，想到了它走进树林后在半路上回过头的样子，仿佛在那里等他，想让他跟它一起走。

"你们记得我们小时候的那头麋鹿吗？"本雅明说。

"什么？"尼尔斯说。

"当时爸爸撞到了一头小麋鹿，"本雅明说，"后来我们去找它,在森林里找到了。爸爸用千斤顶打死了它。"

歌曲结束,车里安静了下来。皮埃尔透过车窗往外看。

"爸爸撞到了一头麋鹿?"尼尔斯问。

"你在说什么?你不记得了吗?他让我们站在路边,抬头看星空。后来他哭了,一路哭回家的。"

尼尔斯低下头看手机,点开一个又一个界面,翻看各种列表。本雅明先是吃惊地看看尼尔斯,然后又从后视镜里看皮埃尔,皮埃尔清了一下嗓子,移开了目光。

"你们不记得这事了吗?"本雅明问。

他们没有回答。

一辆汽车在他后面按了喇叭,灯绿了。本雅明挂到一挡,开动了汽车。世界暗了下来,他眯着眼睛看路。天空仿佛打开了一样,一场暴雨倾盆而下,打到了汽车上,大风紧接暴雨而来。本雅明从突如其来的昏暗、酒店屋顶旗杆上撕扯的旗子以及人行道上某位身体前倾、迎着恶劣天气行走的行人身上看出了大风的迹象。这是一场可能会把城市吹跑的大风,一场应该拥有名字的风暴。

# 第十九章
## 生日礼物

妈妈住在城里最拥挤的街上。一条四车道的柏油马路从高楼间穿过，卡车在妈妈窗口下的红绿灯处停下来，发出放气的声音。柴油公交车在车站上排成队，地铁入口外的一群人踢着垃圾桶。水泥地面上有成千上万块口香糖。自动扶梯总是停运，黑色橡胶扶手上贴的红色标记说出了故障。黑车司机一个接一个，用磕磕巴巴的瑞典语喋喋不休地推荐着目的地。餐馆的露天座位带着遮阳篷，车辆经过扬起的风总是让它们哗啦作响。本雅明等待着行人通行的绿灯，他抬起头朝妈妈位于一层的两扇窗户望去。他可以看到天花板上的黑色氦气球，它们的线悬在空中。也许可以在厨房的窗口瞥见她——那个弯腰在洗碗池边的身影也许是她。仍然很奇怪。她看上去像是一个陌生人,一个假装住在那里的人,假扮她的样子在厨房里忙碌。爸爸讨厌城市,只有在上农贸市场买东西的时候才会勉强进城,回来时总是心情不好。妈妈搬到这里来仿佛是对他的抗议,或者至少是对与他一起生活的拒绝。葬礼之后短短几周,妈妈就把公寓挂出去卖了,并通知她的两个小儿子,这或许是他们搬出去自己住的好机会。她想尽快搬家,仿佛想说,她一直都被囚禁在爸爸的选择中,现在她自由了,终于可以去过她自己想要的生活了。家里的旧家具都被扔了或是被送进了仓库,在她的一室一厅里没有地方容纳它们。爸爸的藏书不见了,爸爸卧室里那一整面引人注目的书墙不见了,那是他活着的时候十分喜爱摆弄的东西。第一次去妈妈公寓的时候,本雅明默默地走了一圈,无法直面公寓里留下的东西,只想着过去那些已经不在的一切。

　　本雅明按响了门铃,尽管他知道自己记不住密码,妈妈会有多生气。过了一会儿门啪地响起来,门锁打开了。他在冷冷的灯光下走向电梯。妈妈在这间公寓里住了三年,偶尔会请本雅明来吃饭,吃一顿彬彬有礼的晚餐,有着咀嚼间歇安静的对话,和刀叉碰撞声中的沉默。喝咖啡时妈妈会拿出早报和一支铅笔去到一边,点上香烟,在旅行广告的旁边做笔记，大声地念叨着那些地名。"兰萨罗特岛，不。特内里费岛，不。沙姆沙伊赫……摩洛哥——这里我没去过，也许很有意思。"于是她决定，过几天就出门，她订了机票，永远都是独自一人，然后一周后回来。本雅明也许会试探地问上一句，旅行中她做了些什么，妈妈会说："我不知道。"她说，她就躺着晒太阳，运气好的话，会遇到一两个有趣的人跟她聊天，但有时她只是一个人待着。有一次她回来说，整个旅程中她没有跟任何人说过话。本雅明心想这种事情说出来挺尴尬的，说明她很失败或者孤独，不过在这方面她比较缺乏自尊。她感到有点兴奋，有点滑稽——她已经七天没有用嘴说过话了！然后她又坐在那里拿起报纸，身上晒得黑黑的，寻找下一场旅行。本雅明总觉得这事既意味深长又很奇怪，这么多次旅行，她从没问过他是否想跟她一起去一次，不过对她来说这似乎是很自然的——大家心里都明白她总是独自旅行。他俩短暂的见面充满了沉默。每次去过妈妈家以后，他都会飞快地回家上厕所，每次跟她见面肚子都会不舒服。然后他久久地坐在马桶上，安安静静地任凭肚子里小小的痉挛到来。

他们似乎总是对彼此存有戒心，除了喝醉酒的时候。也许只有在那个时候——坐在楼下某个露天咖啡馆一起喝啤酒的傍晚,他们才能在对方身边有所放松。他们吃着小食,一直到喝醉,餐馆关门后他们就跌跌撞撞穿过马路,坐到酒吧。他们在那里喝得更凶更猛了。他们坐在年轻人中间,坐在那些被廉价的啤酒和宽松的身份证查验方式吸引来的学生中间。音乐很吵,妈妈眼神蒙眬,声音更沙哑了。她变得很激动,还有点鲁莽,她把这家店的老板称作"街角的黑鬼",大谈偏见,享受着放纵的乐趣。本雅明也跟着这样做,他也可以扮演这种角色,他们最放松的对话都发生在酒吧里,发生在他们交换彼此空洞又有趣的闲话的这段时间。他们喝啊喝,一直喝到皮肤感觉不到门外的凉风。任何时候,哪怕是她喝醉后,妈妈都没有提起过自己的悲伤,她也从来没有问过本雅明的悲伤。唯有一次,那天晚上,他们喝得格外厉害,直到两点后才回家。回家后,本雅明坐在马桶上,清空自己不适的肠胃,这时他收到了一条来自妈妈的短信。

"我不确定我是不是还想这样下去。"她写道。

"怎样下去?"本雅明问。

她没有回答。本雅明躺在床上努力想弄明白这句话,脑海里浮现出它可能的意思。

此刻本雅明按响了门铃,听见鞋跟踩在地板上咔嗒咔嗒的声音,当她走上门厅的地毯时,这声音没了,门开了。

"嘿，小伙子。"妈妈说。他们拥抱了一下。他闻到了清新剂的味道。为了去除烟味，妈妈用清新剂喷了整间房子，那是热带水果混着香烟的味道。屋子里没有开灯，到处点着蜡烛。他把自己的衣服挂好，朝里面看去，有其他几个客人，一个中年的妇女，浑身戴着首饰，沉重的耳环把她的耳垂往下拽，据本雅明所知她是妈妈的一位老同事；一个穿着长袜和黑色衣服的女人，妈妈介绍说她是三层的邻居。沙发上坐着一排长相参差的人，但很显然他们是一起的。本雅明介绍了自己，那些人解释说他们加入了妈妈的萨尔萨舞蹈①队。他们充满兴趣地看着他，微笑着听他说话，目光跟着他移动。本雅明对此觉得有点高兴，也许是因为他们知道他是谁——妈妈之前说起过他。关于萨尔萨舞妈妈极少说起。本雅明记得去年圣诞节她在信箱里收到了一张纸，上面写着萨尔萨舞蹈队在寻找更多的爱好者。她去那里试了试，但是本雅明不知道她继续跳了下去。妈妈坐到沙发上，给萨尔萨舞伴们的杯子加满红酒。本雅明看见了窗边的皮埃尔，站到了他的身旁。

"人们没有蜂拥而至啊。"皮埃尔小声说。

---

① 一种拉丁风格的舞蹈。——编者注

"这里是开放的,"本雅明说,"我们不知道有多少人来过这里。"

"没错。礼物桌都快被压垮了。"

本雅明朝桌上的三个包裹看去,笑了笑。

"我们的礼物怎么样了?"本雅明问。

"一切都按计划执行,尼尔斯随时会到。"

妈妈用三文鱼和软奶酪做好了小点心,摆在餐桌上的一个盘子里,还有配虾仁沙拉的脆皮酥盒,几瓶气泡酒和香槟酒杯一起放在托盘上。本雅明打量了一下屋子。直到此刻,直到有陌生人在屋子里的时候,他才能够以局外人的身份观察这套公寓——小书架上放着犹太作家作品,墙上挂着一张诺贝尔文学奖得主的照片,本雅明从小就认识到这是一种融入知识分子行列的尝试。兄弟三人接受了上流社会的教育,但不知怎的,他们的生活水平却在贫困线以下,他们接受的是贵族教育,被教导站立的时候要永远把背挺直,吃饭前总是要做祷告,吃完饭要跟爸爸妈妈握手,但是家里没有钱,或者说,只把极小一部分钱投资在孩子身上。学业方面的教育也是漫不经心的,开始时动静很大,但从来虎头蛇尾。孩子们没有受到跟父母一样的良好教育,这导致了一些可笑的故事,比如孩子们不理解他们身边那些奇怪的事情,这种情况屡见不鲜。妈妈最爱的故事是有一次，她做了一种法式开胃菜（用根茎类果实和蔬菜做的配蘸酱的凉菜），孩子们都以为她在做"调味茶"。①这是早些年的事了，那时孩子们还很小，爸爸妈妈还有热情和精力，他们对家庭事务尚有激情。但后来大部分的激情都消失了，那些事情也不做了。没有人察觉晚餐逐渐没有了，当晚餐完全取消的时候，也就没有人真的去想它了。每天晚上六点钟左右，孩子们会去厨房，做三明治当晚餐，然后在餐厅里就着巧克力饮料默默把它吃完。唯一保留的是星期日的晚餐，妈妈会努力打起精神，在厨房里往奶油酱上滴酱油，给奶油酱上色。晚餐会有很多酒，但通常情况下大家只注意到爸爸妈妈变得沉闷安静，变得很内向。有几次他们吃完饭后，三兄弟把酒杯放到空的托盘上，准备离开餐桌，这时妈妈会突然大喊一声："喂！还没感谢这顿晚餐呢，怎么就离开桌子了？"这时孩子们会一脸困惑地走过去，挨个握着妈妈的手鞠上一躬，仿佛这是从他们不记得的时代留存下来的一种仪式。

一位中年妇女从沙发上起身，拿着两只香槟酒杯敲了一下。她说，她其实并没有在萨尔萨舞队里担任什么正式职务，但是她真的非常感谢妈妈每周四的参与，这话是

---

① "调味茶"（grues de thé）与"法式开胃菜"（crudités）在法语里读音相近，因此孩子们会有所误会。——编者注

代表所有人说的。他们人不多,也不是拉丁舞界的世界冠军,但他们在一起很愉快,这一年里他们已经形成了一个非常亲密的小团体。他们很高兴来妈妈家为她庆祝五十岁生日,还带来了队伍的一件小礼物。说着她摸索着拿出事先摆在沙发脚旁的一个袋子。她说,因为现在妈妈已经是一位非常成熟的"萨尔萨舞者"——她拉长了每一个音节——这件礼物来自大家,也包括今天很遗憾没能来的拉尔萨和雅梅尔。女人递上一个小包裹,妈妈的眼睛闪闪发亮,嘴上说着"哇哦",撕掉包装纸,拿出了一条黑色的亮闪闪的裙子。她立刻拿着裙子在腰间比了起来。

"这款裙子我看中了很久。"妈妈大声说着,身体稍稍转了一下,向满屋子的人展示它。

"你应该知道这是什么意思吧?"那女人说,"我们想看你跳一小段。"

这立刻引发了一阵喧闹,妈妈大声抗议,沙发上的几个人大声起来,过了一会儿,她妥协了,进卧室去换衣服。沙发上的人小声聊着天,皮埃尔转身看向窗外,从口袋里摸出香烟。本雅明望着那些充满期待的舞友,那些与妈妈如此亲近的陌生面孔,他心想自己也许错了。他以为妈妈已经失去了生气,但她可能只是在他面前、在家人这里失去了生气。

妈妈出来了，引起了一阵小小的欢呼，穿着她那条低腰高开衩的新裙子，裙子和紧身衬衫之间有一小截空隙，露出了肚子上的一块白色皮肤。本雅明看到了她肚子上的那些小印记，那是她剖宫产留下的疤痕。他记得小时候，他跟妈妈一起躺在一张沙发或是床上，她会给他看肚脐眼下面的切口。"那是尼尔斯的，"她指着一道疤痕说，"那是皮埃尔的，那个小的，是你的。"本雅明用指尖轻轻地去摸妈妈肚皮上那些小小的疤痕，感觉她温暖的皮肤。

妈妈走到书架的音响前，换了一张 CD，这会儿客厅里一片安静。音乐响起，感觉有太多乐器在同时奏响，仿佛是一张不同韵律组成的网，这些韵律试图在彼此身上找到支点。妈妈走向客厅中央的大地毯，在经过餐桌的时候停了一下，喝了口酒杯里的酒，摆好开始的姿势——双手放在头顶，仿佛在整理一缕头发。然后她迈出了第一个舞步，沙发上的舞友发出几声欢快的喊叫。她进入了角色，变成了另一个人。她抬起膝盖，前后迈着步子，双手沿着身体两侧伸展，然后开始扭胯，上身静止不动，腰部做骑马的动作，当她开始转圈时，扭胯的幅度更大了。昏暗的灯光下，过了一会儿他才看见，她是闭着眼睛的。起初他觉得她想象着自己在很多观众面前跳舞，想象一个沐浴在聚光灯下的舞池，四面八方都是黑色的观众海洋；不过很快他就明白，其实正相反。她想象自己在没有人的房间里跳舞，就像小时候一样，在小时候的房间里，在床上，她在一种绝对的孤独中为自己而舞动。正因如此，这一刻她才这样自由，因为什么事情都还没有发生。妈妈睁开眼睛，看着本雅明，向他伸出一只手，将他拉到舞池中。他一下子很尴尬，抗拒了一下，但是妈妈却很坚定。她的膝盖弯曲，裙子后面露出白色大腿。她闭上眼睛，再次一个人跳了起来，沉浸在自己的世界中，本雅明停止了舞步，站在妈妈面前，看着她那梦幻的动作。突然，妈妈抬头看向他，抓住他的手，将他揽进怀里。他已经有很多年没有这么靠近过她了，长大以后就没有过。他感受着她的怀抱，他们之间有一根没有断掉的细线，他对她的想念从未停止过。他感受着她的气味，感觉她的呼吸在耳畔，他又一次站在了妈妈身边。他不愿意松手。

妈妈果断又坚决地一把将他推开，再次沉浸于自己的舞蹈。乐曲结束了，满屋子的人鼓起掌来，妈妈朝本雅明做了一个手势，仿佛肯定了他的参与。她回到沙发上，筋疲力尽但满脸幸福地喝了一口别人给她倒的酒。

皮埃尔给本雅明看一条短信，是尼尔斯发来的："到门口了。"本雅明和皮埃尔走了出去。他站在门口，穿着他那件宽大的棉衣，怀里抱着一只小猫崽。

"你带蝴蝶结了吧？"尼尔斯问。

皮埃尔从裤子后兜里掏出一根粉红色的丝带，他给小猫扎蝴蝶结，做成礼物的样子，但它在那里反抗，腿蹬得直直的，露出了爪子。兄弟三人前一周见过面，是在城外的一家宠物救助站，他们走过一间间猫舍，被这只奶油色的小猫吸引住了。本雅明在门厅见到尼尔斯怀里的这只小猫时，它看起来比他记忆中要小一些，小得有点不真实，怎么会有这么小的猫。皮埃尔系好了蝴蝶结。"你等在这里，我去说几句话。"皮埃尔对尼尔斯说。

本雅明和皮埃尔走了进去，站到客厅门口。皮埃尔清了清嗓子，发现没有人听见他，他又更大声地清了一下，响亮地咳了咳，清了清鼻窦。沙发上的聊天停了下来，大家的目光都看向皮埃尔。

"对于一个已经拥有了一切的女人来说，我们送她什么好呢？"他大声说，"为了这个日子，这个问题我和我的两个哥哥想了很久。我们知道——她什么都不想要！"

沙发上有人笑了起来。此刻妈妈正襟危坐，样子很警惕。

"所以我们想，不管了，我们就不送什么给她了，除了一个真正有意义的东西。"

他大声喊尼尔斯,尼尔斯从门厅的黑暗中走出来,怀里抱着那只小猫走进了客厅。沙发上响起一阵嘀咕。妈妈不明所以,不知道该往哪里看。尼尔斯走到妈妈面前,把小猫递给她,轻轻地把它放到妈妈怀里。

"好可爱啊。"某位客人说。

妈妈看着小猫崽。她笑了,发出了尖锐的声音。

"你们在搞什么呀!"她大喊,"这是给我的吗?"

三兄弟点点头。

"我们原本想给你一只狗的,"皮埃尔说,"但后来我们想,在城里养一只猫可能更容易。然后我们相中了它,我们觉得……"他走上前去,伸出手指点了点小猫的鼻子,"我们立刻觉得它就是你的。"

"上帝啊。"妈妈嘟囔道。她温柔地把手放上小猫的头,把它放在自己露出来的肚皮上。"它真可爱。"

场面看起来很不错,但并不是每次都是这样。妈妈过生日的时候经常会生气,她不想被人讨好。她说,她觉得自己没有得到很多爱,不希望大家一年假装一次。但是全家人都努力过——爸爸努力让妈妈开心,但总是笨手笨脚。有一回爸爸送了一堂戒烟课给妈妈,她觉得被冒犯了,中断了生日会,回床上躺下了。本雅明记得还有一回爸爸帮他买一个洗漱包送妈妈,当她打开礼物的时候,立刻就怀疑不是本雅明而是爸爸付的钱,并与本雅明对质。不过这一回看起来很顺利。妈妈很着迷,低下头看着小猫,轻轻地抚摸它的毛。

"我们觉得……"皮埃尔做了一个技术停顿,"我们觉得可以给这只猫取名叫莫莉。"

本雅明飞快地看了一眼皮埃尔,皮埃尔满意地点点头,看向妈妈。他没有别的意思,只是脑子短路了,本雅明知道,他只是那一刻脑子短路了而已,皮埃尔只是感到这件礼物送得很成功,这种成功可能可以延长一些,让他胸口的空洞能够更快地被妈妈更多的爱填满,他想抵达妈妈内心的更深处。

他不是故意的。

妈妈从小猫身上抬起头来。

"你在说什么?"妈妈问。

"就像是一种致敬。"皮埃尔说,此刻他的声音带着一种不安。

"我们完全没有这样商量过,"本雅明厉声说,转向皮埃尔,降低了音调,"你在说什么?"

"你们知道什么?"妈妈看着兄弟们说。然后她不说了,哭了起来。舞蹈队里有个人把手搭在了她弓着的后背上。她又抬起头来,本雅明看出了她情绪的变化,她从悲伤转变为愤怒。"你们可以走了。"她说。

妈妈站了起来,把小猫放到沙发上,离开了客厅。

屋子里一片安静,安静到本雅明能够听到厨房里妈妈的动静,听到她的哭泣,听到她点烟时划火柴的声音。本雅明仍然站在沙发上的客人们面前,目光垂向地板。然后事情就这样了。这不是他做的决定,它只是发生了。一片黑暗迅速出现,就像在电影里盗窃钻石的小偷失了手,警报响起,所有入口的卷闸门全都哗啦啦落下。本雅明感到心跳得更快了,卷闸门一扇扇落下,黑暗中他辨识出一种感觉,那是他这辈子从来没敢在妈妈面前释放的感觉。愤怒。只需要一颗小火星,一颗小火星就能点燃一切。

他朝厨房走去,站到了厨房门口。

妈妈坐在餐桌旁的椅子上,眼泪化开了眼影,她的眼睛下面黑黑的。

"你忘不掉莫莉,但是你已经遗忘我们很久了。"

她吃惊地看着本雅明。他以前从没有大声对她说过话。他感到眼泪在眼眶里燃烧,他骂自己,他不想哭,他不想难过,他想愤怒。

"我们在这儿!"他大喊道,"我、尼尔斯和皮埃尔,我们在这儿。"

妈妈没有说话,随后她继续猛烈地抽泣。他捂住了脸，转身朝门口走去，穿过客厅的沉默，走出了公寓。

来到街上，他在大门外站住了。他想了片刻，觉得应该等一下他的哥哥和弟弟，他们应该很快就会下来。他等了几分钟，然后离开了，经过餐馆的露天座位，穿过人行横道。来到马路对面，他抬头看妈妈的公寓，但是没有看到任何人，只有天花板上的氦气球，仿佛一双悲伤的眼睛，忧心忡忡地俯视着客厅。他往下看向大门。我的哥哥和弟弟在哪里，他想。

他沿着汹涌的车流，沿着马路旁飞舞的塑料袋继续前行。垃圾在往北移动，就连垃圾也想离开那里。他朝地铁入口走去。他再一次回过头来，朝房子那边望去。

我的哥哥和弟弟在哪里？

## 第二十章
4：00

房间变小了。

他闭着眼睛,也许是在睡觉,他觉得是这样,因为当他睁开眼睛的时候,屋子变亮了。他朝窗口看去,在马路对面房子的顶部,看到了一抹阳光。灰色的水泥上,有一角小小的黄色。他这辈子见过的日出次数要比日落多。每个夏日清晨,他躺在自己床上,黎明就像一个噩梦,从窗外的黑暗中爬进来。天先是变成了蓝色,然后变成牛奶色,之后第一缕阳光出现在了树梢上。他常常走到窗口,惊讶地看着日出,因为起初的体验很奇怪——太阳的位置不对,照射的方向不对,角度也不对。而现在日出跟其他很多事情联系在了一起——妈妈去世十四天了,直到现在，他仍然无法一觉睡到天亮。治疗师问本雅明对妈妈的去世有什么感受，他回答没有任何感受。但这也许是错的，也许他的感受太多了，以至于无法将它们区分开来。他不得不向她讲述他的整个故事，她对他说，大脑是很奇特的，它会做一些我们不知道的事情。有时候当我们经历创伤性的事件后，大脑会改变记忆。本雅明曾问这是为什么，治疗师回答：为了忍受。

她说："强迫你自己去想你的妈妈。"他反问："我该想什么呢？"治疗师回答："什么都可以。"

他想着他对母亲最初的记忆，那时他三岁，一天早晨爸爸妈妈躺在床上喊他："过来亲亲我们！"他爬到床上，一边爬一边被床单缠住。他亲了一下爸爸，爸爸满脸胡子，本雅明都没能亲到他的嘴。他又亲了一下妈妈，然后擦了擦嘴，动作非常快。面对面的情况下，爸爸妈妈发现了这个举动。妈妈把他抱了过去，问："你觉得亲我们很恶心吗？"

他想着他对妈妈最后的记忆，想她在医院死去时的笑脸。她的脸无法摆脱那个样子，狼一般的笑脸。妈妈去世后，他心里就一直装着这张脸，每回它出现在他内心深处时，他就会被扔回童年时代，因为这让他想起了那时看到的一件事。手指发干时，他经常舔手指，妈妈说别舔了，他还是忍不住，妈妈就开始模仿他的样子。每回他舔手指的时候，她都会跑过来，把两只手都塞进嘴里，狞笑着露出牙齿。本雅明在她的目光中寻找淘气的光芒，那种可以告诉他，她是在充满爱意地戏弄他的神情，然而他却从来没有找到过。

她去世已有十四天。医生说死亡过程很快，但这不是真的。从她最早腹痛开始到她死亡，用了两周时间。但是死亡判决应该在一年前他们发现肿瘤的时候就已经得到了，她简短地用短信将这个判决告诉了三个儿子，然后就拒绝再谈这件事。她从不愿意有人陪她去医院，被问及治疗问题时，她只是简洁地回答一切顺利。她假装没病，几个月后当她声称自己康复了的时候，本雅明不相信她的话，因为他注意到有什么地方仍然不对劲。她的体重在下降。她的体重在悄无声息地、没有痕迹地、带着欺骗性地一公斤一公斤下降。有一天本雅明说，她变成了另一个人。锁骨的棱角变得分明，锁骨下面黑色的坑深深地陷了下去，身上所有的皮肤都皱了起来。她变得那么瘦，那么脆弱，一副弱不禁风的样子，散步的时候本雅明不得不扶住她嶙峋的手。有一回她说，她向医生问了她的体重问题。她带着愉悦的口吻说，她现在的体重是四十公斤。"你们能想象吗？"她说，"一头小猪就有这么重！"妈妈带了一些瓶瓶罐罐回家,是粉末状的膳食补充剂,它们被放在洗碗池柜上面,没人动过,几个月后她把它们扔掉了。

腹痛来得突然。她在一间家具店里,然后突然暴发了。她痛极了,不知道怎么回事。她跟孩子们说,她用大拇指压着腰,把肚子顶在商店里沙发的扶手上,用了她小时候学到的那些奇怪的方法。疼痛好了,但很快又来了,后来情况更糟了。她不再出门,晚上也无法入睡,痛苦地醒着,任何止痛药都不管用。寻找睡眠这件事占据了她的生活。她关掉了电话,因为她想睡觉。找她变得越来越难,夜里的短信变得越来越让人看不懂。本雅明问她身体怎么样,她反复回答"人猿泰山"。最后她彻底没了音信。妈妈的电话永远处于关机状态,没有了生命体征。三天的沉寂之后,本雅明去了她家,尽管他知道她讨厌没有提前通知的来访。他按了好几下门铃,最后她开门了,披头散发。窗户开着,尽管外面很冷。屋里弥漫着一股洗涤剂和呕吐物的味道。

"你吐了吗?"他问。

"是的,我不知道我为什么吐得那么厉害。"她回答。

她缩进了扶手椅里,掏出一根烟,但随即又把它塞了回去。她身体前倾,把胳膊肘支在膝盖上。晨衣中露出了她瘦削的腿,皮肤垂在大腿两侧。

"我们要不要去医院让他们看看？"他问。

"不，"她说，"我没事，只是需要睡觉。"

他还记得她在宽大的扶手椅上看起来多么小。妈妈往前探出身子，轻轻地往地上吐痰。对他来说这就是一个明确的信号——只有在人病得很厉害的时候才会这么做。当他说他们必须立刻去看急诊的时候，她也没有反对，他给她收拾行李的时候，她仍然坐在扶手椅里。然后他们就去了。那个下午她很健谈，带着一种类似愤怒的情绪抱怨着自己的疼痛。每当有护士进来时她都问："你知道我为什么会这么疼吗？"护士含糊地搪塞过去，推托说医生一会儿就来。

他看见了这一切，记得每一个细节。他记得妈妈的房间，她身旁的桌子上放着她的假牙，还有一杯苹果汁、晚报和一盘她没有动过的千层面。她躺在那里，手臂上打着点滴，食指指尖上套着一个看起来像顶针的东西，用来测量她的血氧能力。每隔一段时间会有一名护士进来检查各种数值，做一些记录。他不敢问情况是好是坏。

他回了家，第二天早上又去。这是他们的最后一面，皮埃尔和尼尔斯已经在那里了。医生给她用了吗啡止痛，他坐到床沿上，在她眼里看到了困惑。她说她做了一个十分奇怪的梦，她坐在飞机上飞过一座城市，飞得离房顶非常近，她试着提醒空姐他们飞得太低了，很危险，但是没有人听她说。

这天是皮埃尔的生日，他拿这事开起了玩笑。"你是想现在送我礼物呢，还是想等一会儿再说？"他问。妈妈躺在床上困惑地看着他，她不知道这天是他生日。但她的困惑不止于此，她好像无法真正理解生日这个词的意思。她张开了嘴巴，然后又若有所思地闭上了嘴。

"我是开玩笑的，妈妈。"

尼尔斯带来了晚报，为她朗读新闻，但没过一会儿她就让他别读了。她喝了一点果汁，脸上的表情扭曲起来，痛得大喊大叫，捂住了自己的肚子。然后她开始盯着墙壁，面容异常扭曲。三兄弟试着跟她说话，但是她没有说一个字，只是死死地盯着墙壁。她在安安静静地面对死亡，没有回答任何问题。当他们握住她的手时，她没有反应。三兄弟默默地站在那里。突然，没有任何预兆，心脏停止了跳动，她走了。

"下午四点二十五分。"尼尔斯说。这是典型的他，既是个悲伤的儿子，同时又是一个秩序的维护者。

他必须去睡觉了。

不睡一觉的话，他无法回忆这一天。他做不到。现在他知道自己必须做什么了，他必须跟他的哥哥和弟弟谈一谈他们二十年来没有触及的事情。他把枕头翻了个面，自己翻了个身。他看见床头柜上装着三兄弟照片的相框，照片是在小屋的湖边拍的。本雅明、皮埃尔和尼尔斯，阳光打在他们的额发上，他们穿着内裤和靴子，身体晒得黝黑。明亮的颜色、橘色的救生衣和湛蓝的天空。他们要去湖里放网。本雅明站在中间，一条胳膊搂着哥哥，一条胳膊搂着弟弟。他们的身体很放松，状态很松弛。他们在笑一件意想不到的事情。他们不是为了拍照而笑，而是因为另外一件事情，好像是拍照之前爸爸说了好笑的话，他们笑得前仰后合，上气不接下气，彼此抱在一起。他们的身上自带光芒。发着光的三兄弟。

他们怎么了？

妈妈刚刚去世。他们都在病房里，但仍然是孤独的。这个下午，他们都没有互相搂对方。尼尔斯拿出一部照相机开始给妈妈拍照，皮埃尔去走廊对面的小露台上抽烟，本雅明留在了屋子中央。后来他走了，没有说再见。他们帮不了彼此。在他的记忆中，这个样子已经很久了，自打他们成人以来就这样了。他们三人甚至没有一个真正知道该如何看着对方的眼睛，他们对话时，眼睛都盯着桌布，快速而断断续续地交流着。有时候他会想到他们经历的一切，想到小时候他们是多么亲密，而现在又是多么古怪。他们对待彼此就像陌生人一样。不仅仅是他这样,他心想,是他们三个人都这样。就在他要打招呼之前,他看见尼尔斯抱起了他的猫,仿佛抱起了一块盾牌,这样他就可以避免拥抱。一天清晨,他在城里突然看见皮埃尔朝他的方向走来。皮埃尔没有看见本雅明,因为他正低头看手机——他总是这样,看不到周围的世界,活在手机的蓝光中。本雅明什么都没有说,什么都没有做,径直从他身边走过,没有让他认出来。彼此经过时,他们的外套擦碰了一下。他回过头打量他,看着他的轮廓变得越来越小,越来越模糊,悲伤的情绪越来越强烈,近乎恐慌。我们之间怎么了?

此刻他们要做的事情让人感觉很不可思议。再也没有人谈论这趟回小屋的旅行了。他和皮埃尔对待童年的方式是用它来开玩笑。本雅明给他发短信说自己会晚一些,皮埃尔回答"我来付出租车钱",模仿爸爸渴望陪伴时经常表现出的、把孩子留在身边的歇斯底里的样子。皮埃尔发短信说想换一个时间,本雅明回答"忘了整个计划吧",仿佛是对妈妈喜怒无常性格的一种讽刺。而尼尔斯从来不用这种方式和他们开玩笑。窗外太阳正在缓缓升起,水泥墙面上的黄色斑点越来越大,这会儿几乎覆盖了房子的整个外墙,照亮了遮挡对面卧室的百叶窗。屋子里有一扇窗户开着，但听不到任何声音。城市在熟睡。他从床上起来，到厨房里煮了一杯咖啡。他走到小小的阳台上，那里有一张小桌子、一把小椅子和一个堆满了烟头的烟灰缸。阳台栏杆上挂着一个种着郁金香的盒子，那些郁金香被人遗忘了，在干掉的泥土里发黄枯萎，耷拉着脑袋。时间还早，但室外已经很暖和了。天空湛蓝，往东望去可以看到一片海，海面上空乌云密布。天气很闷，仿佛有一场暴雨将至。他看了看表。加油站很快就要开门了，他要在那里取租来的车。

然后他出发了。他最后一次关上这套公寓的门，把它锁好。没过一会儿他就坐上了租来的车。他离开市区来到空荡荡的街上，来到城市上方二十米高的水泥高架路上。五条车道中只有一辆孤独的汽车。

# 第二十一章
## 碎石路

妈妈去世两天了。自那以来他只是待在家里，现在是他第一次出门。他沿着这座城市最大的公园步行，这个公园是通往码头的。他打量着头顶的树冠。他知道现在是六月初，树叶是深绿色的，然而他的眼睛已经很多年无法辨识出这种颜色了。变电站那场事故后，他被送进了医院。他的胳膊、后颈和整个后背都被烧伤了，为他处理伤口的医生分不清哪里是衣服，哪里是皮肤。在医院待了几天后，出院之前，爸爸问医生本雅明会不会有永久性的损伤。他回答，无法预测，很有可能会有，而且是终身的，神经损伤可能很多年后才会出现，他的肌肉可能会缓慢地萎缩，会存在心律不齐、大脑损伤和肾功能衰竭的危险。

这些情况都没有发生。但医生没有说到视力，没有警告他爆炸之后他对颜色的认知会发生变化。有些颜色他完全看不出了。他看不见蓝色。他会在一片小树林里俯下身子，四肢撑在地上，尽管他身边的人坚称满地都是蓝莓，可是他一颗都看不见。另外一些颜色在他眼里更明显了，春夏时节，太阳下山前两个小时，他能看到一道光弧在地平线上升起，整个天空都被染成了暗粉色。那场景多美啊，遗憾的是那不是真的。年轻时在学校里，他可以直视太阳而不眨眼，这让几个同学惊讶不已。同学们围拢在他身边大喊大叫，引来更多人关注。信号标志的颜色让他内心平静，他会寻找这些颜色。他会在道路作业的红色警示锥旁徘徊；有时候他会去运动商店，去渔具区，在那里他的目光会落在那些红色和黄色的假饵上，它们像霓虹灯一样闪闪发光。不过他记得童年的那些树，记得六月初他们来到小屋的那几个星期，记得那些充满绿色能量的树叶。他一直很想念能够看见它们的感觉。后来他就不在乎了。

他朝水边走去。那里有着被改造成古怪人住所的旧渔船。他继续沿着水边走，经过码头上泊成一排的白色客船。那些餐馆打出"当日捕获"的招牌，希望能骗来一些游客，他们不知道这片水域什么都不长，这里没有任何活鱼，因为这片大海已经死了。他遇到的人穿着夏天的衣服，可是天气却凉得像四月，他们竖起薄薄的领子，裸露的胳膊上起了鸡皮疙瘩。最近这段时间他来这里走了很多次，穿过公园下到码头，然后回来。他散步的频率越来越高，有时候会走好几个小时。有时冬天他回家时都冻僵了，手失去了知觉，他试着开门却怎么也打不开，他站在那里出神地看着自己的手，看着它无法抓住钥匙，无法打开门锁。他经常会穿过市区，没有特别的目的地。他会穿过墓地，走到地铁车站，坐上一站然后继续步行。他决心把那场意外抛在脑后，可结果却并不如他想的那样。他的思绪总是会回到那里。每当他听到什么响声，看到什么刺眼的光，只要是他没有准备好应对的，都会让他回到那里，回到变电站里。热的东西有同样的效果，当他打开烤箱弯下身子去看食物有没有烤好，一股热气扑面而来的时候，他会突然哭起来。突然的响声——不仅仅是指那种砰的响亮的声音，比如小孩们在地铁里玩摔炮的声音，空荡荡的餐厅有人站起来时椅子发出的刮擦声，还有刀叉在餐具柜里被野蛮分类摆放的声音。浴缸放水的时候他不能待在浴室里。最糟的是城里的声音，尤其是下雨的时候，水会放大噪声，所以即使缓慢行驶的汽车听起来也会像从他身边呼啸而过一样，随后这种声音会留在他的心里，就像一记雷鸣，永恒地循环着。唯有一样东西比突然的响声更糟糕,就是突然的安静,因为这时那熟悉的景象又会回来——如果声音消失了,世界也消失了,越是安静,他与真实世界失联的感觉就越强烈。他一直梦想能找到一种完美的安静,带着遥远声音的安静。躺在卧室听厨房里开着的收音机;坐在空无一人的餐厅,外面道路在施工,看着工人在那里作业,巨大的玻璃削弱了声音。过去他经常这样,但现在他不这么做了。渐渐地他开始不再关心自己的不适。他记得这种感觉第一次穿过身体的情景。他在厨房里,突然闻到了着火的气味,开始满屋子找。他循着电路烧焦的气味走过客厅,看见门厅里的电表箱,发现白烟从缝隙里冒出来。他打开电表箱,发现里面着火了。非常小的火,在插头的后面,表面起了一点点火。他跑到厨房里接了一桶水然后跑回来。就在他准备把水泼到火苗上的时候,他突然想起学校里学过的知识:水会导电。他想起有人把吹风机掉进浴缸被烧焦的故事。泼水也许意味着灾难?他试着把火吹灭,但这让火势更大了。他手上端着水,站在那里呆住了——直到他做了个深呼吸,让自己完全平静了三秒钟,才把水泼出去,从而得到验证:这样没关系的。

什么事都没有。火被浇灭了。保险插头一个接一个弹了出来,就像爆米花一样。第二天电工来修电表箱,所有险情都被消除了。然而从这天起，那种感觉就留在了他的心里：这样没关系的。

这不是他自己决定的。他甚至从来都没有这么想过，从来都不这样。也许就像对待其他困难的事情一样，他会把这些事情抛开，更愿意放空脑袋，而不是让脑袋被那些他不知道该怎么处理的事情填满。以前他来过这个码头很多回，站在那里远眺海湾，然后回家。他不知道是什么让这一回跟以前有所不同。他站在水边，在那里站了几分钟，低头看水面，看见水藻就像一张膜覆盖在巨大的锚链上，能见度只有二十厘米，再下面是一片漆黑。他脱掉自己的衣服，把它们堆成一堆，路过的行人目光停留了片刻，又接着往前走。然后他跳进了水里。没有任何计划，没有精妙的细节，他只是决定往外游，游到他游不动为止。他在来往并不繁忙的船只中离开了码头，朝开放的海域游去。没有风，海面波平如镜。可是浪从海上来，海浪巨大，大海在他周围起起伏伏，他也跟着起起伏伏。他很渺小，在海浪的起伏中显得微不足道。大海好像还没有决定好要怎么对付他。越往外水越冷，他的划水频率也越快。不过他游泳游得很好。有一年夏天父母把他送去了游泳学校，除他之外的所有人都互相认识，而他谁都不认识。其他孩子全比他大。他们排成一排游泳，他比其他人游得慢。有人从后面赶超他的时候，泳池边会响起哨声。"让开！"他气喘吁吁地抓住黄色的泳道线，让对方先过。游完后，淋浴间里充斥着含氯消毒水的气味，他的手指起了皱痕，地板上的小水洼在日光灯下闪闪发亮，大男孩们四处乱跑，用毛巾打来打去，叫喊声在瓷砖墙面间回响。他们睡在一个体育馆里。其他人都有睡袋和垫子，可是爸爸妈妈忘了在他的行李中装这些。他向游泳老师借了一条毯子，他们给他铺了跳高垫。别的孩子开始管他叫"国王"，因为他躺在那里显得很庄重，有傲视群雄的感觉。睡觉时他想爸爸妈妈，偷偷地哭。他看着天花板，眼睛扫过那些单杠、吊环和攀登梯。最后一天是理论课，游泳老师把湿漉漉的孩子们集合起来，让他们在泳池边排成一列，只要谁一动就吹口哨。他讲解不慎游到冷水域该怎么做，站在写字板旁大喊大叫，听起来就像狗叫回响在游泳馆一样："确定自己的方位！你要往哪里去？确定自己的方位！你要往哪里去？确定自己的方位！你要往哪里去？"

　　本雅明知道自己要往哪里去。他要游向外面的海域，之后会发生什么不要紧。他把那些小岛抛在了身后，来自城市的声音消失了，他只能听到自己的呼吸和双手拍打水面的声音。

一声巨响掠过大地，巨响过后，是几秒钟的安静。然后又是一声巨响，一记震碎心脏的轰隆声，仿佛雷声和警笛同时响起。这声音钻进了他的身体，他在水中都能感觉得到，仿佛这声音来自大海。他回过头，看见了一艘巨大的客轮经过他附近，离他只有十五米远。汽笛声第三次响起，本雅明的整个身体麻痹了一秒钟。这声音穿透了他的骨头和肌肉，他又回到了那座变电站，一次又一次听到爆炸的声音，他感到莫莉在他怀里动了一下，他紧紧地抱着它，屋子变成了蓝色，他感到了背部的压力。他心想现在他知道了，现在他知道被炸碎是什么感觉了。然后眼前一黑。当他醒来时，他的后背着了火。

确定自己的方位！

你要往哪里去？

我的哥哥和弟弟在哪里？

他爬到莫莉面前。

当轮船的汽笛声第四次响起的时候，本雅明大声尖叫起来，他听到了自己的喘气声，继续往前游。他径直朝外面游，海水突然变冷了，一阵微风吹过他冰冷的头顶。这时他看见了他们，他前面的水里有两个小小的脑袋。他立刻认出了他们，在一公里开外的地方认出了自己的哥哥和弟弟。他游到他们身边，看见皮埃尔全神贯注的样子，他的脑袋低低地露在水面上，望向稍远处的一个小浮标，浮标在水中上下浮动。"那是浮标！"他朝尼尔斯大喊，"我们就快游到一半了！"

皮埃尔快速地抬头看向本雅明。

"我害怕。"他说。

"我也害怕。"本雅明回答。

尼尔斯在稍微前面一点的地方，本雅明看见他仰着脖子，为了不让水进到嘴里。

"尼尔斯。"本雅明说。他没有反应，继续仰头看着天空往前游。本雅明游到哥哥身边，他们能感受到彼此急促的呼吸。他们在水中停了下来，三个男孩都停了下来。大海在安安静静地等待。

"你的嘴唇发紫了。"本雅明对皮埃尔说。

"你也是。"皮埃尔说。

他们咧嘴笑了起来。他看着尼尔斯，看着他柔和的微笑。三个男孩紧紧地贴在一起，用彼此的呼吸温暖自己的脸。他们看着彼此的眼睛，本雅明不再害怕了。

"我得走了。"他说。

尼尔斯点点头。

皮埃尔不想松手。本雅明用一只手去摸弟弟的面颊，朝他笑了笑，然后离开了他兄弟的怀抱。他转过身，重新向外海游去。刺骨的寒冷紧紧地咬住了他的双腿,涌到了大腿上,他疲惫不堪,不是气喘吁吁,而是筋疲力尽。他的肩膀和手臂感到刺痛,水越来越近,原本很大但友好的浪此刻改变了性格,大海猛烈地扑向他,让他喘起了粗气。吸气的时候海水进入了他的身体,填满了他的胃、呼吸道和肺。在他即将失去意识的那几秒钟里,他不再不安了,因为他知道他终于可以放下这么多年来一直执着的现实了。他沉入水面之下,无力又自由。当心跳停止的时候,眼前既不见光明也不见黑暗,这并不是一条尽头透光的隧道。

这是一条碎石路。

## 第二十二章
2:00

　　他跟他的兄弟说他只是上个厕所,他们可以先走一步,他保证走的时候会锁好门。皮埃尔和尼尔斯在妈妈的门厅里弯下身子站了一会儿,系好鞋带,然后把对妈妈的回忆装进怀里,跌跌撞撞地走进了昏暗的楼梯间。本雅明看着他们朝电梯走去,然后把门关上。他确实上了个厕所,但不是因为非上不可,而是为了减少自己说谎的部分。他在敞开的浴室柜子里看到了妈妈的洗漱用品:一支护手霜、一块和瓷砖粘在一起的肥皂和一支被用得残缺不全的牙刷。洗脸池里有呕吐物的痕迹。浴缸边缘放着一个香奈儿的香水瓶,是很多年前她买给自己的,她是那么宝贝它,从来都没有用过。洗脸池上面有三个灯泡,只有一个还能亮。他在镜子里看见了自己。除非必要,他从不照镜子,从不跟自己有眼神接触,总是对自己视而不见,只看自己的下巴或鼻子,但是现在他的目光却停留了下来。他看着自己的突出的嘴,宽阔的额头。他记得爸爸曾经开玩笑说:"很容易想象出你的头骨是什么样子。"小时候他很痴迷于自己的长相,总是想看自己,站在镜子前,不知不觉就入了迷。小时候有一次他一个人在家,站在门厅镜子前久久地盯着自己看,以至于最后他确信他看到的是另一个人。他没有害怕,回到镜子前又试了好多遍,但那个瞬间没有再出现。有一回在小屋,他坐在厨房地板上,双腿伸到地毯上,看着自己的下半身,突然感觉它不属于自己。那是别人的腿,腰部以下的一切都只是死肉,不是他的。那种感觉真实到他都无法动弹。他伸手去够炉子旁篮子里的柴火,去打自己的大腿和脚,为了感觉、找回他身体的一部分。

他打量镜子里的自己。

试着想象自己的头骨看起来是什么样子。

他来到客厅,环顾整个公寓,兄弟三人为了寻找可以带走的记忆已经把它翻得乱七八糟。打开的相册扔在地板上;厨房里的柜门大开着;墙上的画被取了下来,散落在地板上,就好像进过小偷一样。他走进卧室,看见凌乱的床，床单因妈妈最后的失眠而扭曲着。他脱掉自己的衣服，等了片刻，然后躺上了床。他不想回家，他想睡在那儿，睡在妈妈的床上。床头柜上有一个烟灰缸，底部全是烟头，中间插着好几根抽了一半掐灭的香烟。这个烟灰缸看上去就像一个莫西干发型，记录着妈妈甚至连烟都抽不动了的最后那几周。

他拿出了妈妈那封信，在床头灯微弱的光线下又读了一遍。他听到了妈妈的声音，那个他如此熟悉、可以感觉出最微小的变化的声音，他能体会到这声音中连她自己都不知道的变化。他时而读时而停顿，就像妈妈会做的那样。他认真地读着文字，慢慢地，仿佛以后再也见不到这封信了，所以必须把它背下来。然后他把信放到胸口，关上灯。他还是四岁，在一个他不记得的卧室里，在一张他不认识的床上。妈妈撩起他的睡衣，在他的肚皮上挠痒痒。她说她是一只蚂蚁，用食指和中指在他的肚皮上走路，本雅明笑得喘不过气来，妈妈说现在又来了一只蚂蚁，这会儿她用两只手在他的肚皮上走路。本雅明扭来扭去，用脚拼命乱踢，不小心踢到了妈妈的头。她往后退了几步，捂着额头，自言自语地嘀咕着什么。本雅明在床边坐了起来，他说对不起，对不起妈妈，他不是故意的。她说没关系，手仍然捂着头。她走到他面前，看见他在哭，抱住了他，搂着他说："没关系，亲爱的，没事的。"

本雅明在床上翻了个身。这会儿外面终于黑了，夏天的夜色终于降临了。他拿出手机给皮埃尔打电话，响了很久后，他接起了电话。本雅明立刻听出他的声音很不像他，含混不清。

"现在我头很晕。"他说。

皮埃尔刚刚躺下，他吃了安眠药。他睡不着时，看到了一板药，心想也许吃药也不错。

"你吃了多少片？"本雅明问。

"一片，"他飞快地说，然后又补充了一下，听起来若有所思又有点狡猾，"也许，也许吃了两片。"

皮埃尔放下电话，听筒里传来一阵杂音，本雅明听见他缓缓走过地板的脚步声，他取了什么东西，然后回来。

"两片！"他大声说，"我手里拿着药，吃了两片，决定跟自己比赛一下，比比我能够让自己醒多久。"

他笑了起来。

"刚刚一直都还不错，不过现在……"他叹了口气，突然有点沮丧，"现在我头很晕。"

本雅明听见电话里传来一阵含混不清的嘟囔，随后就安静了下来，只能听到皮埃尔的呼吸声。

"喂，"本雅明说，"你还在吗？"

"该死的那是什么灯?"皮埃尔说,又安静了几秒钟,"这灯他妈的该怎么关?"

他们结束了对话。手机屏幕苍白的光在屋子里亮了一会儿,然后灭了,屋子里一片漆黑。他试着照治疗师指导他应对失眠的方法做。思考一件事,仔细审视它,然后摆脱它。思考下一件事,仔细审视它,然后摆脱它。不过他无法完成最后一步,一件事情勾起了另一件事情,他在这些联想中越钻越深,忘掉了任务,不得不重新开始。他重新拿出手机,拨通了尼尔斯的号码。尼尔斯用他惯常的方式接起了电话——非常正式,先报了一下自己的姓氏。

"我吵醒你了吗?"本雅明问。

"没有,"尼尔斯回答,"我躺在床上,正要熄灯。"

微弱的背景音中,他听见尼尔斯在放古典音乐。

"我又读了一遍妈妈的信。"本雅明说。

"哦。"尼尔斯低声说。

"太奇怪了……"

"怎么了?"

"她活着的时候不可能说这些话。"

"我知道。"

面对刚刚发生的事情,他听上去如此平静。本雅明一直有一种感觉,尼尔斯的童年过得很好,因为他从不让童年走进他的心里。有时他甚至怀疑尼尔斯是否真的快乐,在他们偶尔见面的时候,他似乎是快乐的,但是在不经意的瞬间,比如有一次尼尔斯在洗碗台上倒咖啡的时候,或是他站在窗口往外看的时候,本雅明可以在尼尔斯的眼睛里看到如磷光火焰一般亮起的悲伤。

"我能问一件事吗?"本雅明说。

"你说。"

"你毕业的那天,记得吗?"

"记得。"

"第二天早上你去了中美洲,你很早就要出发。记得吗?"

"记得。"

"我躺在床上听门外的声音,我听见你走了。你为什么没有进我屋跟我说再见?"

"我不能进来。"

"不能?"

"爸爸妈妈说你不舒服,我们不该打扰你。"

电话里一阵沉默。只有兄弟俩的呼吸声和背景音里安静的音乐。

"明天见,本雅明。"

"明天见。"

"会顺利的。"

"嗯。"

深夜正在向清晨行进。

他重新打开灯,在妈妈的床上坐了起来,又读起了她的信。一张朴素的信纸,正反面写满了她的字迹,虽有模糊的地方,但仍然清晰可辨,没有一丝疑问。这封信将这几十年交织在一起,将这里的一切跟那间小屋联系在一起,写满了他们所有人挂在嘴边却从未说出口的话。

房间变小了。

他闭着眼睛,也许是在睡觉,他觉得是这样,因为当他睁开眼睛的时候,屋子变亮了。他朝窗口看去,在马路对面房子的顶部,看到了一抹阳光。灰色的水泥上,有一角小小的黄色。

## 第二十三章
### 电流

"我不知道我是怎么从水里出来的,我猜我失去了意识。我的下一段记忆是自己躺在一艘汽艇的甲板上。我听见周围激动的叫喊,感到有一双手在我的背上。我记得我把肺里的水吐了出来,吐在自己手上,那水很暖和,我觉得很舒服。"

讲述过程中他一直看着地面。此刻他终于抬起头,看着她的眼睛。治疗师在笔记本上做着记录。对话过程中她挡住笔记不让他看见,但偶尔他会瞥到她用墨水写下的那些龙飞凤舞的字:小小的标记,不完整的句子,一些无法理解的关键词。

"应该就是这样,"本雅明说,"然后我就到了这里,到了你这儿。"

这是他第三次来见她。每次两小时,按照一张非常详尽的时间表进行。她解释得非常清楚,说过去对试图自杀的人的治疗方法几乎都是用药物,大家谈的是诊断和治疗。不过现在我们知道,病人的讲述才是核心——她称本雅明为专家,一个研究自己历史的专家,这话让他欢欣鼓舞,甚至很激动,也许是因为她没有说他有病,恰恰相反,她认为他的见解至关重要。他讲述的时候她通常不说话,偶尔会提一些后续问题,其中几个问题表明她曾跟他的兄弟们聊过,对此他并不介意——此前他已经同意了这件事。他就这样一个小时接一个小时地讲述着。第一次来到接待处的时候,他惊讶地注意到它有两扇独立的门。一个用作入口,另一个用作出口,这很巧妙,像一个分流系统,将病人与病人遇见的风险降到最低。尽管如此,本雅明还是从一开始就感到他对其他病人的了解比他想的要多。第一次去那里时他想解小便,透过访客厕所薄薄的墙壁他可以听到那些对话,就在他准备冲水的时候,他听到一个人突然大哭了起来。接待处很大,有一条长长的走廊,在那些门后,悲伤依次展开。本雅明小心翼翼地敲响了前台带他去的那扇门,里面传来一个声音:"哦?"语调很是惊讶,仿佛她完全没有料到会有人来访。然后他进了屋。治疗师是一个身材高大的女人,坐在一间小小的屋子里,里面有两张深深凹陷的扶手椅和一张写字台。随后他们彼此面对面坐好,他,这个研究自己的专家,讲起了自己的故事。她倾听着。时间一小时一小时堆积,一幅童年和青年时代的画像画好了,现在他讲完了。

"好吧。"她说着,朝本雅明微微一笑。

"嗯。"本雅明说。

她俯身在写字台上继续做着笔记。距离妈妈去世两周了,距离他决定游向大海直到自己游不动为止过去了十二天。他被救上来后的第一个二十四小时是在医院里度过的。次日,他们问他是否打算再次伤害自己,他回答不了,他说的是真话。他们问他是否准备接受专业的精神病治疗,他回答是的。他们让他回了家。接下来的日子没有太多的记忆,他待在家里没有出门。他记得两个兄弟都来家里看他。他记得皮埃尔带来了瑞士卷,长大后他就再没有见过瑞士卷。他记不清他们聊了什么,但他记得那个瑞士卷。直到几天后,当他开始接受治疗,他才慢慢恢复了自我。治疗的三天分散在一周里,那些对话把他钉回现实中,让他醒悟。

"这是我们第三次也是最后一次见面,"治疗师说,她谨慎地看了看挂在他头顶上的钟,"我想把剩余的时间用来回忆你故事中一个特定的事件,希望你不介意。"

"当然。"本雅明回答。

"我想再聊聊那件发生在变电站的事。"

本雅明的裤兜里嗡嗡地响了一下,他掏出手机,是一条来自短信群的消息。那个短信群是妈妈去世当晚尼尔斯建的,他把这个群取名为"妈妈",皮埃尔马上把它重命名为"妈咪",本雅明不是很明白为什么,是开玩笑吗?她活着的时候他们从来不会这样叫她。他快速地读完那条短信,把手机放到扶手椅旁边的桌子上。

"你看起来有点困惑。"治疗师说。

"没有,没事。"本雅明说,喝了一口摆在桌子上的水,"尼尔斯说他想在葬礼上放《钢琴手》[①]。"

"《钢琴手》?"她问。

"是的,放那首歌。"

距离葬礼还有不到二十四小时。尼尔斯仿佛着了魔一样,在做最后的计划。他在短信里说这是妈妈最喜欢的歌,所以它很合适,本雅明也记得小时候她给他们放过这首歌。她让大家别出声,让他们认真听歌词,等歌词结束后她说"么啊",用手对着嘴唇做一个手势,仿佛是从嘴

---

① 即"Piano Man",美国歌手比利·乔尔(Billy Joel)于1973年发行的歌曲。

里取出一个吻，把它扔到屋子里。本雅明不在意是否在葬礼上放这首歌，可是一种不安却突然爬上心头，因为他知道这条短信会引发什么，他知道现在皮埃尔不会放过尼尔斯。嗡嗡声又响了起来，本雅明探过身去看手机。

"哈哈。"皮埃尔写道。

攻击一触即发。短信框里的三个点在跳跃，皮埃尔的恶意和尼尔斯的愤怒化作急切的点，在屏幕上跳跃着。

"你什么意思？"尼尔斯写道。

"对不起，我以为你在开玩笑。拿一首醉酒艺术家在肮脏的酒吧弹钢琴的歌，在妈妈的葬礼上放。你是认真的？"

"妈妈喜欢这首歌，这有什么错？"

"我最喜欢的歌是 AC/DC 乐队的《雷霆万钧》①，你觉得我会愿意在我的葬礼上放这首歌吗？"

然后是沉默。又一次小小的伤害，兄弟之间又有几根细线断了。他把手机塞进兜里。

"明天就是葬礼？"治疗师问。

"是的。"他回答。

治疗师微微一笑。"那么，"她坐在扶手椅里把身体往前探，说，"我想花点时间谈谈那个变电站的事。"

---

① 即"Thunderstruck"，澳大利亚摇滚乐队 AC/DC 于 1990 年发行的歌曲，曲风激越、狂野，节奏感强烈。

"好的。"本雅明回答。

他不明白这样做有什么意义。他已经把那一天他记得的所有事情都讲过了。他把他童年的所有记忆都告诉她了，跟她分享了他和兄弟们一起经历但从未同别人讲过的，甚至是没跟他们说过的事情。他讲了桦树枝和毛茛花的事情，连那些最艰难的记忆——那些改变了他的事情，他也分享了：那个地窖、仲夏节前夜的事、他爸爸的死。这样做的目的是他能够从中理解自己，把自己看作所有故事的总和。可是现在这些故事就像乐高积木一样散落在他和治疗师面前，本雅明不知道该怎样把它们拼起来。他明白妈妈死后，他对自己所做的一切都是其他所有事情的结果。但他无法理解是如何一步一步形成的。

"我觉得现在我们必须跨一大步了，"治疗师说，"这可能会是非常难的一大步，你同意吗？"

"好的。"

"我希望我们回到变电站那里。"

他眼前浮现出林间空地上的那栋小房子。一条小路通向那里，是被人浅浅地踩出来的，也许压根儿没有人踩过，也许压根儿就没有路。蚊子和一只鸟的声音就在耳边，远处传来房子里发出的嘶嘶声，那是电流流过电线的安静呢喃，然后电流被翻滚着传送到林中一间间房屋。远远望去，这栋房子甚至有点田园牧歌般的感觉。一栋森林里的小房子，孤零零的，外面是一座电的花园，对称分布着一排排电线杆，上面戴着在午后阳光下闪闪发亮的"黑帽子"。几乎没有风。他记得他走在最后，走在哥哥和弟弟的后面，他记得他们的后颈在他面前。

"你跟你的兄弟一起去的，你靠近变电站，打开了那扇破掉的门，"治疗师说，"此刻你来到了栅栏里面，走进了那栋小房子。你眼前可以看到这个画面吗？"

"可以。"

他记得墙壁上那些黑色的潮渍，记得电流流过电线的轰鸣声，和天花板上一盏忽明忽暗的电灯发出的微弱的光。他记得他当时心想真奇怪，有那么多电，天花板上的电灯就不能亮一点吗？他的哥哥和弟弟在外面的阳光下曝光过度，都变白了。他能听到他们的声音，听到他们被风裹住的遥远的叫喊，尼尔斯对他说快出去，他说危险。本雅明靠近带电的墙时，外面的声音更响了，但他什么也听不到，远方传来的只是模糊的喊叫，就像风平浪静的晚上，他和皮埃尔站在水边打水漂时，湖对岸传来的回声一样。

"你站在房子里面，"治疗师说，"你抱着狗，几乎快贴到电线了。你在想什么？"

"我是无敌的。"

他记得他站在汹涌的电流中,并没有受到什么影响!他觉得自己可以为所欲为,因为什么都动不了他。他在风暴的中央,周围的一切都被摧毁了,但他的头发一根都没有弯曲。就好像奔腾在墙壁上的电流此刻属于他一样,他进入了中心,他胜利了,这里所有的力量此刻都是他的。

"你转身朝向出口,"治疗师说,"你看着你的哥哥和弟弟,你站得离电线太近了。你什么都没动,但还是触到了电流。"

他记得那场爆炸,记得爆炸之前的那几秒钟。他能够通过自己胳膊的活动来控制声音。他举起手伸向电流,电流做出回应。每当他的手靠近电线时,哥哥弟弟的尖叫就会更响亮。他喜欢看他们担惊受怕的样子。他在挑逗他们,看着他们站在那里,手指抓着栅栏。然后房间变成了蓝色,接着是后背的灼热和白色的爆炸。他在光亮中消失了。

"你在屋内的地板上醒了过来,"治疗师说,"你不知道自己昏迷了多久,但最后你醒来了。你脑海里浮现出这个景象了吗?"

"是的。"

他记得他的脸颊贴在碎石地面上。他的后背不在了——还有什么没了？他不敢去看，因为他不愿意知道身上还有什么东西没了。他朝门外望去，朝栅栏望去。哥哥和弟弟去哪了？他们看到了爆炸。他被撕碎的时候，他们是见证人，他们看见他的身体在燃烧，但他们还是离开了他。他记得自己醒了过来，又晕了过去。他朝外面看去，太阳已经朝相反的方向移动了，时间变成了下午更早的时候。

"你恢复了意识，醒了过来。现在你发现了狗，它躺在地上不远的地方。你爬到它的面前，坐在地上，把它抱到你的怀里，搂住它。你记得这些吧？"

"记得。"

他记得那种惭愧。

疼痛不算什么，他已经感觉不到了，后背没了，但是除了惭愧，他已经失去了感知其他东西的能力。他抱着它，看着太阳在外面以极快的速度起起伏伏。各种形状的星空出现在小房子外面；森林里的钟声，高亢又刺耳，仿佛巨大建筑物塌陷断裂时发出的响声；柔和又狂烈的风来了又去；杉树弯下了腰，静止不动；动物们在房子外面驻足，向内张望，然后跑掉；在这里，以前他总是感觉自己置身现实之外，仿佛是在另一个地方观察着自己。此刻他并不只是在自己的中央，而是在宇宙的中央。他紧紧地抱着它，把它贴在自己的胸口。它的身体是冰冷的。

"你搂着狗，"治疗师说，"你搂着它，低头看，你现在看见它了吗？"

"看见了。"本雅明回答。

"你看见什么了？"

他记得自己温柔地看着它，小心翼翼地，仿佛它睡着了一样。他记得自己的眼泪滴到了它的脸上，看起来就像是它的眼泪。

"你看到的肯定不是一只狗吧？"治疗师说，"现在你眼前浮现的样子，是个小女孩吧？"

世界在小房子外面翻滚，他从千年时光流逝而过的缝隙中往外看，然后又低头看她——那个小小的家伙，那个从生命开始就跟他绑定的小家伙，不仅是那一天受到他的保护，而是其他所有日子都受到他的保护。他坐在地上，搂住她逝去的生命，感受她在怀里的重量。他哭了起来，因为他没能做好自己来到这个世界上唯一要做的事情。

"你抱在怀里的，一定是你的妹妹吧？"

## 第二十四章
### 0:00

一辆警车在一片被蓝光照亮的树林中缓缓向前穿行,沿着拖拉机犁出的小道朝花园驶去。本雅明记得很清楚,因为他跪在草坪上,发生的一切都无法引起他的注意,那辆警车,那片蓝光,就像是要闯进来的一个现实,某种来自周围世界的东西想要知道他做了什么事情。

他记得从车里下来的两个女警察。他记得她们想要查看莫莉的时候,妈妈抱着她不肯松手。她们跟爸爸谈话,他记得黄昏中他们小声说话的声音,爸爸小心地指了指本雅明,然后大家朝他走来,从四面八方靠近他。他记得那两个女人很和蔼,她们在微凉的夏夜里给他披上一条毯子,问了几个问题,哪怕他答不出来也很有耐心。他记得过了一会儿又来了一辆警车,之后还有一辆救护车。然后很多车排着队赶来,一辆是电力公司的货车,还有其他一些车辆。它们歪歪扭扭地沿着倾斜的拖拉机小道停放。人们进了林子,朝变电站走去,然后回来。陌生人站在他家厨房里打电话。

突然间来了那么多人。这个一直都很荒凉的地方,除了这家人外没有外人驻足,此刻挤满了人,大家都想走进他的内心,想用他们的问题来给他定罪。

他再一次去散步了。

从位于南边海关的治疗师接待处,走过几座桥,穿过老城无人的小巷,沿着码头一路走向市中心。他一直走到夏天的天黑下来,此刻又经过自动扶梯坏掉的地铁口,经过他和妈妈经常喝酒的露天餐厅。当他来到妈妈住所的大门口时,他的哥哥和弟弟正站在那里等他。

"你哭过了?"尼尔斯问。

"没有,没有。"本雅明回答。

他们走进楼梯间,在狭小的电梯里默默感受着彼此的身体。妈妈的姓名牌已经被撤掉了,这种漠然的态度很符合尼尔斯与房东的接触。在尼尔斯报告妈妈去世、他们希望终止合同仅仅几天之后,他就收到了一条来自房东的短信,房东说他们已经检查了公寓,发现它根本不像尼尔斯描述房屋状况时声称的"只有烟味",他们认为公寓被烟熏坏了,必须立刻进行清理。这个公寓得早于原定计划被清空,正因如此,此刻,大半夜的,在妈妈葬礼的前一天,三兄弟来到这里,赶在第二天公寓被彻底打扫、所有东西被清出去之前,收拾他们对妈妈最后的记忆。

尼尔斯开了门,走一圈,打开灯,屋子亮了起来。妈妈只买二十世纪五十年代那种风格的灯,把它们放在架子上,或装在天花板上,所有这些棕色的、黄色的、橘色的光源让屋子沐浴在暖光中,让人想起六月码头上的晚霞。哥哥和弟弟在屋子里慢慢地挪动脚步,寻找纪念妈妈的东西,可是本雅明却停在门厅里。他看着自己的兄弟,看着他们在书架上小心地翻找,把橱柜的抽屉倒空,他觉得他们变回了小时候复活节前夜的样子,变成了小男孩,穿着睡衣,寻找爸爸藏在家具里的巧克力蛋。尼尔斯在书架上找到了一个小木雕,把它从书架上拿了下来;皮埃尔发现了妈妈的相册,立刻坐在客厅地板上投入地看起来,很快就忘记了此行的目的。

"看这个。"他指着一张照片对尼尔斯说。尼尔斯笑了一下,坐到弟弟旁边。他们坐在地板上,只穿着袜子,就像长着成人身体的孩子一样,仿佛很不情愿地变成了大人。他们惊讶地看着自己小时候的照片,努力回想当时的情景。本雅明走进厨房。地板发出一阵嘎吱嘎吱的声音，果酱污渍在顶灯的光线下微微发亮，妈妈的小留言随处可见，餐桌上那些削尖的铅笔身上留下了很多牙印。奶锅底部发白，那是经年累月热牛奶的痕迹。洗碗池里咖啡杯杯沿上有口红印。还有一只孤零零的盘子，上面带着番茄酱的印子。他打开冰箱，又一个黄色的光源将它的光倾泻到地板上，冰箱门的格子里装满了药：标签贴成翅膀状的小瓶子，白色塑料袋里的药片板，锡箔纸标签和向房间发信号的红色三角形标识。妈妈无处不在，翻动那些东西的时候，他因自己没有事先得到她的许可就检查它们而感到内疚。他打开冰箱，里面被单独包装的馅饼占满了，这是一个月前三兄弟为了让妈妈多吃点东西而采取的应急措施。他们带妈妈去了商店，逛了那些冷冻柜台，想让她情绪高涨一点，给她看各种各样的食物。她只想要馅饼。

"可是你不能只吃馅饼啊。"尼尔斯说。

"我当然可以。"妈妈说。

他们买了满满三大袋馅饼回家。把这些东西放进冰箱的时候，妈妈站在一旁，每放进一个馅饼，她都会说"好吃，不错"。他记得她夜里发来的短信，汇报她的进食情况——"今天吃了两个馅饼！"——目的是想让他们放心。但她同样想让他们高兴，用自己的健康状况来控制他们。

"我称了一下,四十公斤!"

就像一头小猪。

"这里有不少吃的。"本雅明朝房间里说。尼尔斯和皮埃尔站了起来,走进厨房。

"哇,"尼尔斯说,"我们是不是该把它们分成三份?"

"你什么意思?"皮埃尔说。

"我们是不是该把这些馅饼分掉?"尼尔斯问。

"你是说你想把妈妈的食物带回家吃掉?"皮埃尔说,"你当真吗?"

尼尔斯手里拿了一个馅饼,让皮埃尔看。

"冰箱里有二十公斤的食物,"他说,"全都是新买的,新鲜的。仅仅因为它们让我们想起了妈妈,就要扔掉吗?我不理解。"

"不是,好吧,你可以把所有馅饼都带走。"皮埃尔说。

"我没有说我想全都拿走,我是说我们也许可以把它们分掉。"

"我不想要。"

皮埃尔走开了,尼尔斯看着他走进了浴室。尼尔斯和皮埃尔把东西在客厅地板上堆成了几堆,有一些瓷器、一只碗和一小幅画。本雅明在皮埃尔的那堆东西里看到了妈妈的储蓄罐,那是一个洗干净的果酱罐子,妈妈把它放在门厅的桌子上，用来装零钱。罐子里装满了硬币，还有一两张纸币。三兄弟的想法是来这里碰头，带走有情感价值的东西。而皮埃尔的做法是带走妈妈的现金。

"我可以拿这个吗？"皮埃尔在浴室里问，他指的是妈妈的一板安眠药。

"拿走吧。"尼尔斯说。

皮埃尔把药扔到了自己那一小堆东西里。本雅明又看见了那个装钱的罐子。一种来自童年的感觉，一种兄弟间不公平的感觉涌上心头。他想跟皮埃尔说，你想带回家的不是什么工艺品，而是钱，这是遗产。但是他无法预测皮埃尔的反应，对自己的兄弟了如指掌，已经是很久以前的事了。这些年来他们极少来往，此刻这种密集的接触，在最深处始终藏着一种紧张的气氛。如果抛开实际，他不知道他的兄弟到底是怎么样的，抛开妈妈去世这件事，他无法看清他们的样子。他记得有一回约哥哥和弟弟见面，那天是爸爸的祭日。他们在墓前一言不发地站了一会儿，然后到一家咖啡馆坐下来，喝了一杯咖啡，吃了一点面包。本雅明问哥哥和弟弟过得好不好，他们的回答简单且不上心，一边咀嚼一边飞快地答着"还行"，而本雅明第一次告诉他们自己过得不好。他们自然表达了同情，但是能看出来，他们不愿谈论这事。本雅明说，他觉得他到了成人的年纪，会为小时候他们三个人之间发生的事情感到难过。这时皮埃尔笑了一下，说："每天早晨洗澡时我都会吹口哨。"这可能是真的，皮埃尔真会这样做。三兄弟中也许只有本雅明从来没有走出来，也许这就是此刻接近他们他会如此难过的原因？从某种意义上说，他们之间的角色变了。孩提时代总是他和皮埃尔在一起，尼尔斯在一边，或者在他们后面三米远的地方。他记得小时候有一回，他们坐在车里，三个人都在，尼尔斯发现了一颗口香糖，是某个弟弟不想嚼了的，把它粘在了前排座椅的后背上。他拿了一支笔去刮，把那颗口香糖抠下来，放进了嘴里。本雅明和皮埃尔嫌恶地看着他，又互相看了一眼，小心翼翼地做了个鬼脸，就像之前很多次一样。尼尔斯平静地说："你们以为我没看见你们做了什么吗？"也许是他的想象，但是在最近这一周里，他感觉自己有了同样的遭遇——他的哥哥和弟弟背着他互相交换着眼神。

"我的天哪！"

是尼尔斯在卧室里大喊。

皮埃尔和本雅明走到他那里。他站在妈妈那张对着窗户的小写字台旁，拉开了最上面的抽屉。他举着一个信封给他们看，一眼就能看出那是妈妈的字迹。信封上写着：如果我死了。

他们肩并肩坐在妈妈的床上，三兄弟排成一排，开始读她的信。

给我的儿子：

　　写这封信的时候，是莫莉二十岁的生日。我去了纪念林，放了一朵花。她过生日的时候，或是临近她祭日的那几天，这种感觉总会更加明显。我跟她过着一种平行的生活。她七岁时我买了一个蛋糕在公园里吃，我能够在眼前看见她，她围着我转圈，摇摇晃晃又很开心地骑着自行车，风吹起了她的头发。她十几岁时，我有时候能够想象我从浴室的门缝里看到她，她偷偷地在那里化妆，身体探到镜子前，全神贯注，准备跟朋友去城里玩。

　　我继续默默地做她的母亲。我在书里读到，这很正常，我允许自己这样做。这并不悲伤，也许恰恰相反。我可以如此详细地再次创造出她，就像真的一样。我可以再次成为我女儿的妈妈，当一小会儿她的妈妈。

　　他们跟我说，哀悼是一个过程，有不同的阶段。生命在另一边等着我们。当然，不是同一种生命，而是另一种生命。事实并非如此。哀悼不是一个过程，而是一种状态。它不会改变，它坚如磐石。

哀悼让人沉默。

皮埃尔和尼尔斯。我曾无数次地想过跟你们聊聊，以至于最后我以为我已经这么做了，肯定跟你们聊过了。哪个妈妈不这么做呢？请原谅所有那些我从没说出口的话。

本雅明。最沉重的负担是你承受的。最让我感到难过的是你。我从来没有怪过你，从来没有。我只是没法这样跟你说。假如在我这些年的沉默中，只能跟你说一件事，那件事就是：这不是你的错。

我们见面时有时候我会看着你。你站得有一点远，喜欢待在角落里，观察着。你总是那个在一旁观察的人，你仍然在试图承担我们其他人的责任。有时候我眼前也会浮现出你，会想如果这件事没有发生，你会变成什么样。我常常想起你抱着莫莉从森林里出来的那个下午，我对她的记忆是那么清晰，她冰冷的面颊，阳光下她的鬈发。可我却怎么也想不起你的样子。我不知道你去了哪里，不知道是谁在照顾你。

我没有什么遗嘱，因为我没有什么东西可以留下。我不在乎我死后的细节。但我有最后一个愿望，带我回到那个小屋，把我的骨灰撒在湖边。

但我不希望你们为了我做这件事——我知道我已经失去了要求你们做任何事的权利。我希望你们为了自己这么做。坐进车里，开一段远路。我希望看见你们这样，看见你们在一起。所有那些车里的时光，湖边独处的时光，傍晚桑拿房里的时光，只有你们，没有其他人在偷听。我希望你做这件我们从来没有做过的事情：互相聊聊。

等我死了才让你们读到这封信，是因为我害怕你们会无法原谅我对你们做的事。我不知道，但就让我们假装此刻我跟她在一起了，假装我又能抱着她了。你们会晚一点来，那时我又能重新得到机会来爱你们了。

妈妈

本雅明把信放到膝盖上，而皮埃尔立刻站了起来，朝阳台走去，边走边在兜里找香烟盒。他的两个哥哥慢慢地跟在后面。他们，三个被留下来的兄弟，肩并肩站在阳台上，望着沉睡的城市。皮埃尔猛抽着烟，香烟在黑暗里发着光。本雅明伸出手去要烟，皮埃尔递给了他。他吸了一口，又把它递给尼尔斯。皮埃尔笑了一下。昏暗的光线下尼尔斯柔和地微笑着。他们让香烟在手中游荡，在阳台上看着彼此。此刻他们不需要说话，浅浅地点一下头，或者可能只需要在心里点一下头。他们已经知道了，这场旅行已经在他们心里了，仿佛它已经发生了一样——一场必将把他们带回冲击点的旅行，一步一步倒回过去，倒回他们的故事之中，让他们最后一次得以幸存。

**图书在版编目（CIP）数据**

脆弱的人 /（瑞典）亚历克斯·舒尔曼著；徐昕译. 
海口：南海出版公司，2024.8. -- ISBN 978-7-5735-0958-1

Ⅰ. I532.45

中国国家版本馆CIP数据核字第2024VS1472号

## 脆弱的人

〔瑞典〕亚历克斯·舒尔曼 著
徐昕 译

| | | |
|---|---|---|
| 出　　版 | 南海出版公司　（0898）66568511 | |
| | 海口市海秀中路51号星华大厦五楼　邮编 570206 | |
| 发　　行 | 新经典发行有限公司 | |
| | 电话(010)68423599　　邮箱 editor@readinglife.com | |
| 经　　销 | 新华书店 | |
| 责任编辑 | 侯明明 | |
| 特邀编辑 | 虞欣旸　林俐姮　白　雪 | |
| 营销编辑 | 张丁文　刘治禹 | |
| 装帧设计 | 李照祥 | |
| 内文制作 | 田小波 | |
| 印　　刷 | 山东韵杰文化科技有限公司 | |
| 开　　本 | 850毫米×1092毫米　1/32 | |
| 印　　张 | 8.5 | |
| 字　　数 | 110千 | |
| 版　　次 | 2024年8月第1版 | |
| 印　　次 | 2024年8月第1次印刷 | |
| 书　　号 | ISBN 978-7-5735-0958-1 | |
| 定　　价 | 49.00元 | |

版权所有，侵权必究
如有印装质量问题，请发邮件至 zhiliang@readinglife.com

著作权合同登记号 图字：30-2024-127

Copyright © 2020 by Alex Schulman
Published by arrangement with Paloma Agency,
through The Grayhawk Agency Ltd.